<u>Essen is(s)t fertig</u>

Der kleine Krimi aus Rhede

Eva Bennemann

Covergestaltung: Eva und Elias Bennemann

Herstellung und Verlag: BoD – Books on Demand,
Norderstedt

ISBN: 978-3-7568-8949-5

Essen is(s)t fertig

Der kleine Krimi aus Rhede

von Eva Bennemann

Vor'm Lasn

Zuerst einmal, ich freue mich, dass du (ich hoffe, ich darf dich dutzen?) dieses Buch in der Hand hältst.

Es spielt im Herbst 2021. Ich habe schon beim Nachdenken festgestellt, dass das ständige Erwähnen von Mundschutz, Händehygiene etc., den Erzählfluss stören würde und habe die Corona-Maßnahmen deshalb einfach ausgeklammert. Nimm es als *Dichterische Freiheit"!*

Weiterhin erwähne ich einige Naturheilmittel, bitte nicht nachmachen!

Rezepte stehen im Nachwort, die kannst du sehr gern nachkochen und nachbacken.

Viel Spaß beim Lesen und Ermitteln.

Eva Bennemann

Handelnde Personen

Ich, Inge Schneider	67 Jahre, urspr. Erzgebirge
Gudula Hartmann	81 Jahre, aus Rhede
Frieda Kowalski	68 Jahre, urspr. Ruhrpott
Irmgard Willing	73 Jahre, urspr. Schlesien
Marianne Reismann	72 Jahre, urspr. Schlesien
Emma	Enkelin von Inge
Maria Schönberg	zugezogen aus Essen
Torsten Wollberg	Pilz-/Naturführer

Meduna Xana/Sabine Müller, Inhaberin der *Seelenpforte*

Susi Fee	ihre Lebenspartnerin
Ute Nachtigall	aus Rhede
Steffi Nachtigall	ihre Tochter
Regina Sauer	aus Rhede
Sandra Bremicker	Tierärztin, Rhede

Ihre Arzthelferinnen

Kriminaloberkommissarin Evelin Hülskamp

Kriminalhauptkommissar Harald Wohlbeck

Haustiere:

Bambina	Inges Hündin
Rudolf	Reginas Balinesenkater
Renate	Marias Hündin

Kapitel 1 – Freitag, 01. Oktober 2021

Ich bin's mal wieder, eure Inge. Entschuldigt, dass ich so lange nichts von mir hab hören lassen. Dieses blöde Corona macht einen ja ganz behäbbert... äh bekloppt im Kopf. Aber mal ehrlich, es ist ja sowieso nicht viel passiert seit Februar 2020. Während den Ausgangs-beschränkungen haben wir – Bambi – haben wir unsere Handar – Baaambi aus! – haben wir unsere Handarbeitstreffen vor dem Computer abge – jetzt reichts aber, Bambina, ab ins Beddl! – vor dem Computer abgehalten.

Sorry, ich erkläre es euch gleich. Also von vorn, die Handarbeitstreffen fanden über so eine komische "Zoomsitzung" statt. Hab ich vorher noch nie was von gehört. Glücklicherweise hat mir meine Tochter Anja alles auf dem Laptop eingerichtet. Das war ein Theater am Anfang, ich kann euch sagen. Von Marianne hab ich oft nur die braunen Lockenspitzen gesehen und von Frieda die klappernden Nadeln und den wogenden Busen, hihi. Aber mit der Zeit haben wir es richtig gut hinbekommen.

Die gut überstandene Mörderjagd konnte ich natürlich vor meinem Sohn, den Sven in Chemnitz, nicht geheim halten. Die haben mir die Hölle heiß gemacht, es wäre viel zu gefährlich im Westen für mich und so ein Quatsch. Ich hab gesagt, dass ich in Zukunft aufpasse, nicht wieder in sowas reinzugeraten. Aber wie oft wird wohl in Rhede jemand umgebracht, das passiert einem ja nur einmal im Leben. Wir wohnen ja nicht in so einer wilden Großstadt wie Köln oder Düsseldorf.

Dann stand der Sommerurlaub an. Anja, ihr Mann Alex und die mittlerweile 2-jährige Emma sind zwei Wochen nach Mallorca geflogen. Ich hätte mitkommen können, hab mich wegen Corona aber nicht getraut. Darum fragte ich meine Freundinnen Gudula, Frieda, Marianne und sogar Irmgard, ob wir zusammen in meine alte Heimat fahren. So ging es dann im Juli auf nach Schönbrunn im Erzgebirge. Wir wohnten in der "Pension Sonnenhof", die meiner Freundin Andrea gehört. Die Landschaft ist wirklich toll, die vier Damen waren ganz entzückt. Einige Sehenswürdigkeiten haben wir mit dem Auto angefahren. Den Fichtelberg, Frohnauer Hammer sogar bis Dresden sind wir kutschiert. Wir sind zusammen durchs Heidelbachthal oder auf den Ziegenfelsen gewandert und ich habe ihnen die Wolkensteiner Schweiz gezeigt.

Endlich hatten auch meine Freundinnen mal ein Sprachproblem. Wir saßen ganz gemütlich draußen vorm "Bahnl", dem Wolkensteiner Zughotel. Moment, das muss ich euch erklären: das Zughotel ist nach der Wende entstanden, da hat ein pfiffiger Geschäftsmann, der Reuter Ulli, einen alten Buffetwagen der Bahn aufgekauft und zum Restaurant umgebaut, später kamen noch mehrere Schlafwagen und dann sogar der Salonwagen der ehemaligen DDR-Regierung, also vom Honi persönlich, dazu.

Nach einem leckeren Abendessen mit süffigem sächsischen Schwarzbier, wollten wir bezahlen. Gudula nahm das in die Hand, winkte nach dem Kellner und rief:

"Hallo, kannst du mal abhalten?". Dem Kellner klappte augenblicklich der Unterkiefer runter, ich prustete laut los und meine Freundinnen guckten leicht behäbbert. Ich übersetzte dem armen Mann unser Begehr, danach erklärte ich den Vieren, dass man bei uns "abhalten" sagt, wenn man einem kleinen Kind beim Pullern hilft. Wir kringelten uns vor Lachen und meine Gudula bekam eine feuerrote Rübe.

Ein wunderbares Mitbringsel erhielt ich allerdings von meiner Pensionswirtin. Die Andrea hat nämlich eine Schäferhündin mit dem Namen Mary. Diese hatte sich in den Pudelrüden eines Besuchers verguckt und Welpen bekommen. Die rannten jetzt alle der Andrea um die Füße rum. Vier knuddelige Mischlinge, man nennt sie auch "Shepadoodle", dass Süßeste was es gibt. Eine davon hing mir ständig am Rockzipfel, sie ist größtenteils weiß, mit dunklen Schlappohren und einem schwarzen Fleck am linken Auge. Andrea war froh, einen loszuwerden, und so bin ich jetzt nochmal Mama, also Hundemama, geworden.

Die Namensuche für mein Mädchen war ganz schön schwierig. Ich dachte mir: ich aus dem Osten, sie aus dem Osten. Ich nenne sie nach meiner Lieblings-DDR-Süßigkeit. Kleines Problem, selbst ich komm mir doof vor, in Pastors Busch rumzurennen und "Schlagersüßtafel" zu schreien. Dann kämen bestimmt gleich die netten, großen Männer mit der Jacke, wo man nicht an den Händen friert... Okay, da ist "Knusperflocke" schon etwas besser. Dann kam mir aber die beste Idee überhaupt, ich nenne meine Kleine "Bambina", abgekürzt "Bambi". Ich finde das ist ein Supername und passt auch äußerlich, da das Original eine Schokoladentafel mit heller Füllung und superlecker ist.

Somit habe ich jetzt ordentlich zu tun. Emma klebt förmlich an Bambi. Sobald sie aus der Kita kommt, muss sie erst zu mir rüber. Ich bin fast schon eifersüchtig, mit Oma wird lange nicht soviel gekuschelt wie mit Bambina. Ich geh auch zur Welpenschule, aber die Erziehung ist nicht so leicht. Vorhin hat sie meine Hausschuhe angeknabbert.

In unserer Handarbeitsgruppe gibt es auch Zuwachs. Eine nette Dame aus Essen. Sie heißt Maria Schönberger, ist 55 Jahre alt und Witwe. Sie ist nach Rhede gezogen, weil ihr neuer Freund, der Achim Hoves, Rhedenser ist. Sie haben sich über das Internetportal "Flammen der Liebe" kennengelernt. Er wollte wohl gern, dass sie sofort bei ihm einzieht. Maria ging das etwas zu flott, sie hat sich erstmal außerhalb eine eigene Wohnung gesucht.

Für morgen haben wir vom Miss-Marple-Club was ganz Besonderes vor. Irmgard hat für uns einen VHS-Kurs gebucht. Wir gehen zu einer Pilzwanderung in den Prinzenbusch. Der Leiter heißt Torsten Wollberg, Irmgard kennt ihn wohl ziemlich gut. Er erklärt uns die Schwamme, äh Pilze, die wir finden und hinterher gemeinsam verspeisen. Da freu ich mich schon lange drauf. Ich kenne mich zwar ganz gut mit Pilzen aus, aber zusammen macht sowas ja viel mehr Spaß. Meine Mutter hatte da immer einen Spruch parat: "Und wirst du alt wie eine Kuh, so lernst du immer noch dazu!" Bambina kann ich auch mitbringen, hoffentlich wird das Wetter gut.

***

Kapitel 2 - Samstag, 02. Oktober 2021

Der Tag hat etwas nebelig begonnen, jetzt kommt die Herbstsonne raus. Wir treffen uns am Rheder Schloss, wo Die zu Salm-Salm wohnen. Da würde ich gern mal Mäuschen spielen und ein bisschen rumschnüffeln wie's bei Prinzens so zu geht... hach, wird aber wahrscheinlich nichts.

Ich bin mit Frieda als erste da, nach mir kommt Marianne zeitgleich mit Gudula an. Marianne fängt gleich an los zusprudeln. „Ich bin ganz aufgeregt, hab extra ein Körbchen mitgebracht. Hoffentlich finden wir recht viel." Gudula ist gerade dabei, sie zu beruhigen, als zwei Familien mit Kindern eintrudeln. Danach kommen noch zwei Frauen angeschlendert. Die eine ist in den 30-ern, die andere kann ich altersmäßig schlecht einschätzen. Sie könnte irgendwas zwischen 50 und fast 70 sein. Sieht krank aus, hat ein knallrotes Gesicht und wirkt aufgeschwemmt. Frieda bischbert mir ins Ohr, dass das eine Nachbarin von ihr ist. Sie ist krank, hat Zystennieren. Ute Nachtigall sei erst 58. Die andere ist ihre Tochter Steffi. Als nächstes kommt ganz gemächlich ein schlanker Mann mit grauem Spitzbart und Hütchen angeschlendert. Er ist im mittleren Alter (also gute zehn Jahre jünger als ich) und wirkt als wäre er im Wald zu Hause, ein Waldgeist.

"Hallo, ich bin Torsten Wollberg und führe euch heute durch den Prinzenbusch" sagt er auch gleich.

Na das passt ja. "Wir sind noch nicht vollzählig", stellt er fest, als er auf seine Liste schaut und durchgezählt hat. Prompt kommen etwas außer Atem Irmgard und die Maria um die Ecke geschwebt. Irmgard sagt sofort "Entschuldigung, dass wir zu spät sind, aber", Maria unterbricht "Sorry, ich hatte mich verfahren!" Sie erntet einen tadelnden Blick von unserer Exlehrerin. Glücklicherweise hat sie gerade ihren Rohrstock nicht dabei, sonst hätte Irmgard ihr glatt eins auf die Finger gekloppt.

"Na dann sind wir ja jetzt vollzählig" spricht unser Waldmeister (hihi, der Scherz musste sein). Er hat einen großen Weidenkorb dabei, wir brauchen keine Behältnisse, da er ja sowieso die Pilze kontrolliert und dann alle guten Schwamme im Körbchen sammelt. Bambina pullert erstmal vor Aufregung an seinen Schuh, ich werde puterrot und stammle, "Oar nee, dos is mir nu aber peinlich. Du kannst doch den Moa nich anbullern, Bambina. Scham dich!" Ich ernte ein Kichern von meinen Freundinnen und verständnislose Blicke von den Unbekannten, aber das bin ich ja inzwischen gewöhnt. Ich übersetze mal wieder und entschuldige mich noch einmal auf Hochdeutsch für meinen Welpen.

Zuerst geht's zu seinem Kastenwagen, dort erklärt Torsten an Schaubildern Grundsätzliches zu den verschiedenen Röhrlingen, Täublingen, Reizkern und wie sie alle heißen. Wo und wann sie bevorzugt wachsen und ähnliche Dinge. Dann gehen wir gemeinsam los. Maria hat sich zu Ute und Steffi gesellt. Sie kennen sich wohl über Facebook, bekomme ich am Rande mit. Ich laufe mit meinen Freundinnen durch den herrlichen, herbstlichen Prinzenbusch.

Da es in der Woche oft regnete, die Temperaturen aber immer noch angenehm spätsommerlich sind, mangelt es nicht an Pilzen. Die sind extra für unsere Tour nur so aus dem Boden geploppt. Es ist einfach toll, die Sonne scheint zwischen den Bäumen durch, es riecht nach frisch gewaschenen Blättern und wie verzaubert stehen dazwischen immer wieder Pilze. Als erstes halten wir an einem Exemplar das ich sofort erkenne. Aber ich halte mich erstmal zurück (ihr kennt mich ja). Torsten fragt in die Runde, ob jemand weiß, wie der Pilz heißt. Maria hüstelt etwas verlegen und sagt, dass das ein Pfifferling sei. "Oh, da hättest du aber ein Problem." Torsten erklärt uns, das es ein Kahler Krempling ist (ich hab's gewusst). Roh ist er stark magen-darm-giftig und selbst gegart löst er Vergiftungen aus.

Als nächstes finden wir Pilze wie aus dem Bilderbuch: Schöner dicker gelbbrauner Stiel, rotes Röhrenfutter und ein samtig brauner Hut. "Kennt den jemand von Euch? Dieses mal melde ich mich, "das müsste ein Hexenröhrling sein". "Da hast du ganz Recht!" entgegnet Torsten, "Kann man den öfter als einmal essen?" fragt er augenzwinkernd. Frieda schaltet sich ein, "Also diese kräftigen Farben und der Name würden mich abschrecken, der muss giftig sein!". Torsten Wollberg erklärt uns, dass er in einigen Büchern und auch im Internet manchmal als *gefährlich* beschrieben ist. Manche Menschen vertragen ihn wohl in Verbindung mit Alkohol nicht. Aber er ist, genau wie ich weiß, ein vorzüglicher Speisepilz. Alkohol und Pilze sind sowieso meist nicht die beste Kombination.

Weiter teilt er mit, das Pilze kein Kontaktgift haben, also wenn ein Giftpilz neben einem essbaren Pilz im Körbchen liegt, macht das nichts. Ich lerne so einiges dazu, zum Beispiel kann man Pilze kurz kauen aber nicht runterschlucken. Wenn es bitter oder unangenehm schmeckt, den Pilz besser stehen lassen, das funktioniert vor allem bei Täublingen. Überhaupt nur Pilze mitnehmen, die man sicher kennt. Was anderes würde ich auch nie tun, sollte eigentlich selbstverständlich sein. Wir finden Steinpilze, Maronen, Goldröhrlinge und jede Menge Wissen. Ich kann euch das nur empfehlen. Am Feldrand steht sogar noch ein Riesenbovist. Wer ihn nicht kennt, da kann man super Schnitzel draus machen. Er ist auch nicht zu verwechseln. Sieht aus, als hätte jemand auf der Wiese einen Fußball liegengelassen, kinderkopfgroß und weiß. Wenn er auch innen weiß und ähnlich einem Radiergummi ist, in Scheiben schneiden, würzen, panieren, braten und genießen. Und das tun wir auch gleich.

Wir sind zum Bauwagen von Torsten gewandert, dort im geschützten Garten ist eine überdachte Sitzecke mit Campingstühlen und einem großen Tisch. Eine Lichterkette hängt dekorativ darüber. Torsten Wollberg untersucht nochmal die Pilze, dann putzen Gudula, Marianne, Irmgard und Maria sie. Frieda und ich widmen uns den Zwiebeln und Wildkräutern die mit in die Pfanne sollen. Unser Waldmeister hat inzwischen ein Lagerfeuer angezündet, eine große Pfanne am Dreibein aufgehängt und dann wird alles im Kessel gedünstet.

Die zwei Familien haben sich etwas abgesetzt. Die Väter spielen mit den drei größeren Kindern Fußball auf der Wiese. Die Mütter und das vierte Kind, ein Mädchen, haben sich um Bambina versammelt und streicheln sie gerade in den siebten Hundehimmel. Ute und ihre Tochter sitzen am Tisch, Ute sieht ziemlich fertig aus. Sie nimmt etwas verstohlen eine Tablette. Ich decke mit Frieda den Tisch während Torsten am Hexenkessel steht. Er rührt und probiert, schmeckt ab und schließlich ist er mit seinem Werk zufrieden und ruft alle an den Tisch.

Unser Führer schöpft die Teller voll. Maria bietet sich an, sie zu verteilen, dann müssen wir nicht alle umher rennen. Plötzlich bricht Chaos aus. Bambina hat ein Huhn entdeckt. Es versucht aufgeregt gackernd, unter unseren Tisch zu fliehen. Bambina laut bellend hinterher. Alle springen vom Tisch auf und versuchen die beiden zu fangen. Torsten bleibt ganz ruhig und schließt erst einmal das Gatter zum Hühnerstall, bestimmt war eines der

Kinder neugierig. " Husch, husch, Gerda! Jetzt aber ab in dein Zimmer!" Zack, hat er die Ausreißerin gepackt und wieder hinter Gitter gebracht. Das findet Bambina blöd. Ich habe sie endlich erwischt und es kehrt wieder Ruhe ein.

Maria verteilt weiter die Teller und endlich gibt es was zu futtern. Lecker, so eine frische Waldpilzpfanne. Es schmeckt einfach köstlich, besser als im 3-Sterne-Restaurant. So ein schöner Tag. Satt, müde und glücklich genießen wir eine Apfelschorle oder ein Glas Cola und lassen es uns gutgehen.

***

Kapitel 3 – Sonntag, 03.10.2021

Hach, war das ein schöner Tag gestern. Heute Morgen habe ich schon eine kleine Runde mit Bambina gedreht und dabei gleich noch frische Brötchen gekauft. Jetzt kommt nämlich die Frieda zum Frühstück. Der Tisch ist gedeckt und schon klingelt es.

Bambina ist als Erste an der Haustür und kläfft vor Freude. Ich öffne und sie springt gleich an meiner Freundin hoch, dass muss ich meiner Hündin unbedingt noch abgewöhnen. Frieda ist entspannt und geht mit knackenden Knien vor Bambi zu Boden um sie ausgiebig zu kraulen. Meine Freundin sieht ja der Margot Honecker extrem ähnlich. Wobei ich mir die nicht auf dem Flurboden sitzend und einen Hund streichelnd vorstellen kann. Na egal, ich helfe Frieda wieder in die Höhe, wir drücken uns und gehen in die Küche.

So ein gemeinsames Frühstück mit ausgiebigem Klatsch und Tratsch ist doch herrlich. Ich frage nochmal, was es mit dieser Ute Nachtigall und ihrer Krankheit auf sich hat.

"Diese Zystennieren sind eine ganz doofe Krankheit. Man kann medikamentös nur hinauszögern, dass man an die Dialyse muss bzw. später auf eine Spenderniere angewiesen ist. Und Organe wachsen ja leider nicht auf Bäumen. Ute ist sehr schlecht dran, ich glaube, sie hat sich schon so ziemlich aufgegeben. Ich habe gestern noch am Rande mitbekommen, wie ihre Tochter sie angemeckert hat, weil sie ihre Tabletten nicht regelmäßig nimmt."

"Das tut mir echt leid, sie ist sehr sympathisch. Sowas gönnt man ja schließlich niemandem. Die Maria ist auch ne ganz Nette. Ich hab mir überlegt den Miss-Marple-Club und auch Maria zu mir zum Essen einzuladen. Den Club können wir ja auch auflösen, passiert ja eh nichts mehr."

"Ja, da hast du wohl recht. Was willst du denn leckeres kochen?" fragt Frieda.

"Ich will nochmal in die Pilze gehen und wenn ich genug gefunden habe, koche ich ein erzgebirgisches Rezept, *Griene Kließ mit Schwammebrie.*

"Was ist denn das?" wundert sich Frieda.

"Grüne Klöße sind aus rohen Kartoffeln und dazu gibt es Pilze in Soße" erkläre ich.

"Oh, das klingt lecker. Bist du dir mit den Pilzen ganz sicher? Du kannst sie bestimmt auch nochmal Torsten Wollberg zur Kontrolle geben."

"Hast du Angst, dass ich euch vergifte?"

Frieda druckst etwas rum, "Nee, so war das nicht gemeint. Aber vielleicht ist es ja doch sicherer."

"Wenn euch das lieber ist, mach ich das natürlich", lenke ich ein. Aber ein bisschen ärgert es mich schon, ich sammle schließlich nur Pilze bei denen ich mir sicher bin.

"Aber ich wollte dich noch was ganz anderes fragen", sagt Frieda. "Weißt du, das auf der Burloer Straße ein neues Geschäft aufmacht?"

"Nö, was denn? Ist mir irgendwie entgangen."

"So ein Esoterikladen öffnet Morgen, wo der Sportladen drin war. Heißt *Seelenpforte* und die Inhaberin ist eine Medusa Xena oder so ähnlich. Ich würde da gern mal reinschauen, trau mich aber nicht alleine. Gehst du bitte mit?"

"Was willst du denn da, glaubst du etwa an so einen Humbug?" frag ich sie verwundert.

"Ach, eigentlich nicht. Aber man weiß ja nie. Vielleicht hat sie ja eine Salbe für meine Knie, die treiben mich noch in den Wahnsinn. Mal gucken kann ja nichts schaden."

"Meinetwegen lass uns morgen Nachmittag hinfahren. Sowas hält sich aber bestimmt nicht auf Dauer in Rhede."

Wir quatschen noch eine Weile, dann verabschiedet sie sich. Ich hab noch einen ruhigen Sonntag und bin jetzt auf den Besuch der *Seelenpforte* gespannt. In der DDR gab es das ja gar nicht. Ich lese höchstens mal mein Horoskop in der Fernsehzeitung. Aber neugierig bin ich jetzt schon geworden.

***

Kapitel 4 – Montag, 04. Oktober 2021

Frieda und ich fahren kurz nach 14.00 Uhr ganz gemütlich mit dem Rad zur *Seelenpforte*. Ich stelle mir diese Esoteriktante als Frau in meinem Alter in wallenden, bunten Gewändern vor, einer knalligen Haarfarbe und einer kuscheligen, runden Figur. Mal sehen, ob sie meinen Vorstellungen entspricht.

Als wir in der Burloer Straße ankommen, sehen wir Irmgard durch die Schaufenster linsen.

"Hallo Irmgard", ruft Frieda schon vom Fahrrad aus, "du auch hier?"

"Ach, ich war beim Bäcker und hab nur mal geschaut, was das hier ist." Wenn ich mich nicht täusche, überzieht ein zartes Rosa die Wangen unserer Exlehrerin. Erwischt, denke ich mir.

"Was hast du denn gekauft bei Stenneken, ich seh gar keine Tüte?" frag ich sie und kann mir ein Grinsen nicht verkneifen."

"Das Brot, was ich wollte, war gerade aus. Ich komme später nochmal vorbei. Was wollt ihr denn hier?", kommt es etwas schnippisch zurück. "Habt ihr etwa Interesse an dem Esoterik-Kram? So hätte ich dich gar nicht eingeschätzt, Ingeborg."

Frieda greift ein, "Ich habe Inge gebeten, mitzukommen. Mich interessiert das, vielleicht hilft ja irgendetwas gegen meine Zipperlein."

"Irmgard, komm doch mit rein. Ist vielleicht ganz witzig", fordere ich sie auf.

Erstmal schauen wir uns aber das Geschäft von außen an. Über dem Eingang steht in geschwungenen silbernen Lettern auf dunkelblauem Grund:

Seelenpforte

Keltisch-druidische Heilerin

Meduna Xana

In den Schaufenstern liegen auf schwarzen Samt drapiert, verschiedene Kristalle, eine altertümliche Waage und liebevoll beschriftete Kräutersäckchen. Ein Plakat mit Bäumen im Kreis hängt auch im Fenster, erinnert mich an die Tierkreiszeichen.

Wir stehen noch etwas unschlüssig vor der Tür, als diese schwungvoll aufgerissen wird. Ein heller Glockenton erklingt, zusammen mit dem Erscheinen einer Frau in meinem Alter (bis hierher war meine Vermutung richtig). Meduna Xana ist bestimmt 1,80m groß, sehr schlank und hat raspelkurzes, schwarz gefärbtes Haar. Sie trägt eine schwarze Lederhose und ein ebenfalls schwarz-metallisches Oberteil. Ihre Arme sind fast vollständig mit Tattoos bedeckt. Ich erkenne gerade noch ein keltisches Kreuz, eine Spirale, einen großen Baum und irgendwelche Schnörkel, wahrscheinlich Runen. Das rechte Ohr ist über die ganze Kante mit silbernen Ohrhängern und Steinen gepflastert. Auch hier wieder ein keltisches Kreuz und Runen. Das Ohr müsste eigentlich runterhängen, soviel bammelt da dran.

"Meine lieben Schwestern, kommt herein!", begrüßt sie uns mit einem strahlenden Lächeln.

Vorsichtig betreten wir den Laden. Er ist hell und liebevoll altmodisch eingerichtet. An der Seitenwand steht ein riesengroßes Regal mit diversen alten Steingut-Gefäßen, ähnlich der in alten Apotheken. Gegenüber ist ein kleineres Regal, voll bepackt mit verschiedenen Kristallen. Ein alter, großer Eichentisch mit Stühlen, in weiß gebeizt, dominiert den Raum. Darauf wieder eine alte Waage, auf einem dunkelblauen Samtdeckchen ein silbernes Pendel. Mehrere Plakate an den Wänden, eines wieder mit den Bäumen, eines mit Runen und ihrer Bedeutung und ein gerahmtes Bild mit ihrem Zertifikat als druidische Heilerin, dort steht allerdings der Name Sabine Müller...

Meduna, oder Sabine steht schmunzelnd an der Tür und wartet, bis wir alles in uns aufgenommen haben. Als sie unsere Blicke zu Ihrem Zertifikat bemerkt, sagt sie in leicht pfälzisch angehauchtem Ton, "Ja, als Meduna Xana wird man in der Pfalz nicht geboren. Ich heiße ursprünglich Sabine. Aber die Göttin des keltischen Metbrauens ist meine Muttergöttin und Xana ist als mythische Figur in Nordspanien zu Hause. Dort ist meine

Seelenheimat. Ich kann euch ein selbstgebrautes Honigbier anbieten oder wie wäre es mit einem Kraft-Tee?

Frieda hatte bis eben den Mund offen stehen. "Was ist denn das, ein Kraft-Tee?" fragt sie jetzt fasziniert. Irmgard guckt sehr skeptisch, hat die Lippen zusammengekniffen und die linke Augenbraue hochgezogen.

„Wat sall dat dann förn Grei wessen" sagt sie entgegen ihrer Angewohnheit auf Platt.

"In der keltischen Heilkunst gibt es verschiedene heilige Kräuter. Ich mache euch einen Tee mit Eisenkraut, das habe ich selbst bei dunklem Mond gesammelt. Das Wasser ist mit einem Heilstein gesäubert und dazu bekommt ihr Mädesüß-Sirup. Zur inneren Reinigung und Stärkung. Ihr werdet bemerken, wie gut euch das tut.

"Aaahaaa", sage ich nur. Diese Frau ist ja mal interessant. Sie entschwirrt in den hinteren, durch einen ebenfalls dunkelblauen Samtvorhang abgetrennten Raum. Es klappert und brodelt. Wir sitzen etwas verblüfft am Tisch und trauen uns gar nicht zu sprechen. Nur Irmgards

Gehirn sehe ich förmlich arbeiten. Sie zückt ihr Handy, ist garantiert am Googeln, um ihr Wissen in der keltischen Heilkunst aufzumöbeln.

Schon kommt Meduna mit einem Tablett hinter dem Vorhang hervor. Darauf vier Steingutbecher, eine große Glaskaraffe mit Tee und eine kleinere, vermutlich mit dem Sirup. Strahlend gießt sie uns den Tee ein, stellt den Sirup dazu und setzt sich zu uns an den Tisch. Ich nippe am Tee und entscheide mich dafür, das ich einen großen Schuss Sirup brauche, er riecht frisch und fruchtig, ähnlich dem Holunderblütensirup. Also damit ist der Tee gar nicht so schlecht. Meine Freundinnen schließen sich mir an. Meduna ist an den bitteren Geschmack scheinbar gewöhnt.

"Das Eisenkraut wird auch als Druiden- oder Wunschkraut bezeichnet und als Pflanze mit magischen Kräften von den Kelten verehrt. Mädesüß kann man als Tee oder Sirup verwenden. Die Kelten haben es aber auch zum Färben ihrer Kleidung verwendet. Es schützt euch und euer Haus vor bösen Geistern. Der Heilstein im Wasser ist ein Citrin, er ist für die Entgiftung zuständig."

Jetzt hat Irmgard einen Ansatz gefunden: "Aber Heilsteine gab es bei den Kelten doch gar nicht!"

"Das ist wahr, in dieser Form nicht. Aber im Laufe meiner Kariere habe ich verschiedene Heilformen ausprobiert und meine eigene, wirksame Heilkunst entwickelt. Ich nutze zum Beispiel das keltische Baumhoroskop und Heilpflanzen, die mit deinem Geburtsbaum harmonisieren, um einen persönlichen Tee zu mischen. Unter diesen Pflanzen pendele ich die für dich und deine Seelenreinigung passende Mischung aus."

"Aber das Keltische Baumhoroskop wurde doch erst 1948 im Zuge des Neuheidentums erfunden und ein historischer Kontext ist nicht nachzuvollziehen!" ruft Irmgard triumphierend.

Mit einer Miene, wie eine liebevolle Mutter ihr störrisches Kind anschaut, erklärt Meduna. "Ja, so steht es in den Medien geschrieben. Aber die Wirkung ist trotzdem spürbar, ihr werdet sehen. Seid offen, dann werdet ihr Heilung und Kraft empfangen. Meine Frau war auch erst skeptisch."

"Ach, du stehst auf Frauen?" platzt es ganz automatisch aus mir heraus.

"Ich hatte auch schon Beziehungen zu Männern. Ich sehe das so, wenn meine Seele sich mit einer anderen verbindet, ist das Geschlecht nebensächlich."

Frieda bekommt einen plötzlichen Hustenanfall...

"Ja, so kann man das natürlich auch sehen", erwidere ich. "Wie bist du eigentlich auf die Idee gekommen, Heilerin zu werden? Und wie kommst du ausgerechnet auf unser schönes Rhede?"

"Ich habe erst begonnen Medizin zu studieren. Danach ein paar Semester Psychologie. Habe aber früh bemerkt, dass mich die Schulmedizin nicht erfüllt und ich ein ganzheitliches Heilverfahren anstrebe. Ich habe dann so einiges ausprobiert, auch bei einer Heilpraktikerin gearbeitet. Bis ich dann durch eigene Studien und Versuche zur keltischen Heilkunst gekommen bin und meine eigene Richtung entwickelte. Ich hatte jahrelang in Frankenthal ein Geschäft. Als ich dann mit meiner Partnerin zusammenkam, wollten wir uns noch einmal ortsmäßig verändern. Dann habe ich über einer Deutschland-Karte gependelt und über Rhede hatte ich einen ganz deutlichen Ausschlag. Aber wie kann ich euch denn jetzt eigentlich weiterhelfen, seid ihr wegen etwas Bestimmten bei mir?"

Frieda hat sich von ihrem Hustenanfall erholt und berichtet Meduna von ihren Knieschmerzen. Meduna bittet sie darum, ihr selbiges freizumachen und befühlt es vorsichtig. Anschließend bekommt sie eine selbst-gemachte Salbe mit Beinwellextrakten. Na, dass die hilft, kann ich mir gut vorstellen. Ich glaube, da ist nicht nur Hokuspokus drin, diese Frau kennt sich durchaus mit Pflanzen aus.

"Wollt ihr denn noch einen auf euren Lebensbaum abgestimmten Kraft-Tee?"

"Äh, ich bin nicht so der Teetrinker" wiegele ich ab.

Frieda ist voll in Stimmung und nennt ihr Geburtsdatum, 03. September.

"Oh, dann bist du eine Weide. Du bist sensibel und feinfühlig, strebst nach Frieden und Harmonie. Deine Entscheidungen triffst du intuitiv. Stimmt das in etwa?"

"Ja, dem kann ich zustimmen", bejaht Frieda. Daraufhin legt Meduna drei Kräutersträußchen vor Frieda hin und bittet sie, diese einmal in die Hände zu nehmen. Sie sagt, diese Kräuter sollen ihre Energie aufnehmen. Frieda tut es, Irmgard passt genau auf und zieht wieder die linke Augenbraue forschend hoch. Im Anschluss nimmt Meduna das Pendel vom Tisch und hält es über die Kräuter. Ich erkenne Kamille, Johanniskraut und Hagebutte. Beim letzten Bündel, mit den Hagebutten, schlägt es deutlich aus.

"Ja, ich dachte es mir schon. Dein Tee wird Hagebutte, Andorn und Mädesüß enthalten. Er wird dich stärken und deine Seele vor Schmerzen bewahren. Du kannst ihn mit nicht mehr kochendem Wasser aufbrühen und morgens und abends eine Tasse trinken."

"Ich werde es ausprobieren" entgegnet Frieda glücklich und etwas verzückt lächelnd.

Ich bekomme von ihr noch einen Heilstein angedreht – äh, angeboten. Dann verabschieden wir uns, Meduna schließt uns nacheinander in die Arme und bittet uns darum, bald wieder zu kommen und ihr zu berichten, wie ihre Medizin gewirkt hat.

Vor der Ladentür stehen schon wieder zwei Frauen. Ach, das sind ja Frau Nachtigall und ihre Tochter. Wir begrüßen uns. Ute Nachtigall sagt auf Nachfrage, dass es ihr gar nicht gut gehe und sie hier mal schauen möchte, ob diese Frau ihr helfen kann. Die Schulmedizin hat außer der Dialyse nicht mehr viele Optionen für sie offen, da kann man doch mal seinen Horizont erweitern. Dann betreten die beiden den Laden und wir beschließen, noch einen Kaffee zusammen zu trinken.

***

Kapitel 5 – immer noch Montag, der 04. Oktober 2021

Wir gehen erstmal zum *Kaffeefleck*, das Erlebte müssen wir jetzt ordentlich bequatschen. Als wir über den Zebrastreifen an der St.-Gudula-Kirche gehen wollen, werden wir beinahe von einer Frau mit dem Fahrrad über den Haufen gefahren. Wir können gerade noch beiseite springen. Sie fährt ein altes Holland-Rad, hat einen langen, dunklen Rock an, eine mausgraue Topffrisur und trägt ein großes Kruzifix. Schnurstracks hält sie mit zusammengekniffenen Lippen auf die *Seelenpforte* zu.

"Na, die hat es aber eilig!", sag ich.

"Das ist Regina Sauer. Ich glaube nicht, dass sie sich esoterisch beraten lassen will. Die ist in so einer komischen christlichen Sekte. Normalerweise guckt sie auch viel frommer als eben.", sagt Frieda.

Irmgard ist sehr ruhig und starrt beim Laufen nur vor sich hin, irgendwas geht in ihr vor…

Beim *Kaffeefleck* angekommen, setzen wir uns draußen an einen der Tische. Claudia, die Chefin, kommt raus und wir bestellen Kaffee. Irmgard nimmt sofort ihr Handy und fängt wie wild zu googeln an. Claudia empfiehlt uns ihren Apfelkuchen und wir bestellen gerade, als Gudula und Marianne auf uns zukommen, frisch gestylt, wie wir sofort sehen.

Sie werden von uns ausgiebig bewundert. Die Marianne hat einen neuen Schnitt und neue Farbe in ihrem braunen Lockenkopf. Gudula hat sich entschieden, auf ihrem hellblonden Haupt einen Pagenkopf zu züchten. Natürlich wird noch Kuchen und Kaffee für die beiden nachbestellt und wir berichten vom eben Erlebten.

"Irmgard" sag ich, "was geht denn gerade in dir vor? Du heckst doch was aus."

Da bricht es aus ihr heraus. "Ich glaube diesen ganzen Hokuspokus nicht. Die will uns doch nur unser mühsam erspartes Geld abluchsen. Ich habe mir gerade was ausgedacht um sie zu überführen!"

Wir sind ganz gespannt, wie sie das anstellen will. Sie berichtet ihren Plan. Mich will Irmgard dabei gleich einspannen.

"Ingeborg, ich hab mir folgendes ausgedacht. Ich habe ja am 13. August Geburtstag, also Löwe im normalen Horoskop. Im keltischen Baumhoroskop wäre ich eine Pappel, dass bedeutet schnelle Auffassungsgabe, lösungsorientiert, rational und nüchtern. Passt ja eigentlich ganz gut. Ich werde ihr aber ein falsches Geburtsdatum nennen, nämlich deins, den 03. August. Das wäre auch Löwe aber hier eine Zypresse. Wenn sie wirklich so gut mit ihrer Pendelei und ihrem esoterischen Getue ist, dann müsste sie das merken. Wenn nicht, werden wir nur vera… - an der Nase rumgeführt."

"Liebe Irmgard", ich hab es mittlerweile aufgegeben, ihr zu sagen, dass ich Inge genannt werden will, „ich gehe gern mit dir mit. Mach was du willst, aber ich belüg sie nicht. Vielleicht möchte ich ja irgendwann meinen eigenen Tee. Denk dir doch einfach ein Datum aus."

"Na gut, das geht auch. Ich nehme den 13. April", sagt sie, nachdem sie kurz im Handy gescrollt hat.

"Wollt ihr zwei nicht auch mitgehen?", frag ich Gudula und Marianne.

Marianne macht ihre großen Reh-Augen "Nein, da gehe ich keinen Schritt rein. Mit sowas möchte ich nichts zu tun haben!"

Gudula will sich das Schauspiel eigentlich gern aus erster Reihe anschauen, ist aber den ganzen Tag bei einem großen Gesundheitscheck im Bocholter Krankenhaus. Also beschließen wir, nur zu zweit hinzugehen. Irmgard grummelt noch ein bisschen vor sich hin, dass mein Geburtstag besser gepasst hätte, aber ich lasse mich nicht erweichen. Nachdem wir unseren superleckeren Kuchen verputzt haben, lassen wir es für heute gut sein und verabschieden uns voneinander. Den dreien müssen wir allerdings versprechen, ihnen sofort alles über Whatsapp zu berichten.

***

Kapitel 6 – Dienstag, 05. Oktober 2021

Ich treffe Irmgard an der *Gudula-Kirche*. Von dort laufen wir in die Burloer Straße. Als wir beim *Grillhaus* um die Ecke biegen, sehen wir schon diese Regina Sauer vor der *Seelenpforte* stehen. Aber nicht nur stehen und gucken. Nein, sie hat ein Schild an einer Stange vor sich, darauf steht in Großbuchstaben:

"GEBT ZAUBEREI UND ABERGLAUBEN KEINEN RAUM!!!"

Ein vorbeikommendes Paar guckt etwas irritiert und macht einen großen Bogen um Regina und die *Seelenpforte*. Irmgard lässt sich nicht beirren und geht zielstrebig auf die Pforte der Seele (hihi, musste sein) zu.

Es macht "Pling-Pling" als wir eintreten und Meduna kommt freudestrahlend, mit offenen Armen auf uns zugeschwebt. "Schwestern, es freut mich so, euch heute schon wiederzusehen. Was kann ich für euch tun?"

Irmgard geht mit einem angetackerten Lächeln auf sie zu und gibt ihr demonstrativ die Hand, ehe Meduna sie in die

Arme schließen kann. Ich lasse mich von ihr umarmen. Irmgard beginnt in bestem Schulmeisterton, "Ich möchte mich sehr gern von Ihnen druidisch beraten lassen. Sagt man das so?".

Meduna lächelt sie liebevoll nachsichtig an. "Wenn du mir dein Geburtsdatum verrätst, kann ich dir, wie gestern deiner Freundin, deinen Kraft-Tee zusammenstellen. Möchtest du auch einen Heilstein dazu? Aber Moment, setzen wir uns doch erst einmal."

Irmgard setzt sich stocksteif an die Stirnseite, ich setze mich an die lange. Meduna nimmt gegenüber Irmgard Platz.

"Ich wurde am 13. April geboren", sagt sie und hebt wieder die linke Augenbraue. Meduna nimmt drei Kräutersträuße aus einer Schublade im Tisch, bittet um ein kurzes in den Händen-Halten, wie gestern, und zieht ihr Pendel zu sich. Sie bewegt es über den Kräutern und guckt etwas verwirrt, als sich das Pendel einfach im Kreis dreht. Gestern bei Frieda hat es ganz klar über den Hagebutten ausgeschlagen. Meduna nimmt das Pendel in die Hände, schließt die Augen und – keine Ahnung – betet oder so was ähnliches. Nach einer halben Minute öffnet sie die Augen und beginnt von Neuem mit der Prozedur, mit dem gleichen Endergebnis. Sie guckt jetzt schon fast verstört. "Die Kräuter fühlen sich nicht zu deiner Seele hingezogen, hast du dich vielleicht vertan?"

"Ähm, habe ich 13. April gesagt? Wie komme ich denn darauf, ich meinte 13. August! Sowas aber auch, am 13. April hatte mein Mann Geburtstag. Entschuldigen Sie, Frau Müller, 13. August natürlich."

Ich schaue von der einen zur anderen und muss zugeben, dass ich echt überrascht bin. Ist diese Meduna eine gute Menschenkennerin oder ist wirklich was an der Sache dran? Irmgard steht ihre Verwirrung ins Gesicht geschrieben. Jetzt erst wird mir bewusst, das man auch hier drin, Frau Sauers Parolen hört.

"Ah, dann bist du eine Pappel. Versuchen wir es hiermit. Du hast eine schnelle Auffassungsgabe, verabscheust Lügen", sie lächelt unergründlich, "bist rational und nüchtern".

Sie nimmt wieder ein paar Kräuter, dieses Mal sind es Baldrian, Brennnessel, Ebereschenbeeren. Jetzt sehen wir alle einen eindeutigen Ausschlag über der Brennnessel. "Das ist ja schön, ich wusste, ich kann mich auf meine Sinne verlassen. Ich stelle dir deinen Tee aus Brennnessel, Mädesüß und getrockneter, bei Vollmond gesammelter Birkenrinde zusammen. Er wird dich beruhigen, deine Seele klären und eventuelle Altersvergesslichkeit zurückdrängen."

Als ich Irmgards giftigen Blick auffange, muss ich einen Lachanfall unterdrücken. Ich glaube, sie hat bemerkt, das sie veräppelt werden sollte. "Kann ich dir noch helfen, Inge?", fragt sie mich.

"Ne, lass mal. Ich glaube, dein Heilstein wirkt bei mir schon. Aber vielleicht komme ich ja auf dein Angebot zurück."

Sie verschwindet hinter dem Samtvorhang und es fällt Irmgard sichtlich schwer, nichts zu sagen. Wir warten, bis sie kurze Zeit später mit einem goldenen Beutelchen hervorkommt. Irmgard zahlt und wir verabschieden uns.

Vor der Tür steht immer noch Frau Sauer und hält ihre Reden.

Als wir um die Ecke gebogen sind, platzt es aus Irmgard heraus, "Ich kann es nicht glauben, wie konnte sie bemerken, dass ich sie angeschwindelt habe! Das ist vollkommen unmöglich!"

Ich muss lächeln, "vielleicht haben wir es ja doch mit einer Hexe zu tun".

***

Kapitel 7 – Mittwoch, 06. Oktober 2022

+ Die WhatsApp-Gruppe "Miss-Marple-Club" wurde umbenannt in "Handarbeitsfreundinnen" +

+ Maria Schönberger wurde zur Gruppe hinzugefügt +

Irmgard und ich erzählen den anderen erst einmal, was wir gestern in der *Seelenpforte* erlebt haben.

Gudula: Ist ja schon witzig, dass sie dich durchschaut hat, Irmgard. Hätte ich nicht gedacht. Ich glaube, ich geh da auch mal hin, vielleicht hat sie ja was gegen meine Schlaflosigkeit. Habt ihr denn die Lebensgefährtin kennengelernt?

Ich: Nein, die kennen wir noch nicht. Aber diese Meduna bzw. Sabine ist auf abgedrehte Weise sympathisch. Ich lade euch am Freitag zu einem erzgebirgischen Essen ein. Da werde ich die beiden fragen, ob sie auch kommen wollen. Liebe Maria, dich lade ich auch dazu ein.

Maria: Da freue ich mich. Aber wieso habt ihr euch Miss-Marple-Club genannt?

Frieda: Ach, voriges Jahr ist in Rhede ein Mord geschehen und wir haben ein bisschen geholfen ihn aufzuklären. Ich kann dir sagen, da war was los.

Marianne: Das war aufregend. Und wir haben alle zusammen Joints geraucht. Soviel Spaß hatte ich schon lange nicht mehr.

Irmgard: Aber Marianne, du hast dir doch fast ins Höschen gemacht, vor Angst. Jetzt hau nicht so auf den Putz.

Marianne: Ja, ich hatte schon Angst. Aber auch viel Spaß.

Maria: Ich war übrigens gestern Ute Nachtigall besuchen. Der geht es gar nicht gut. Wie lange ist sie denn schon so krank?

Gudula: Ach, die ist schon zehn Jahre lang am Totgehen. Dat güff nix mehr. Ihre Tochter kümmert sich ein bisschen um sie. Aber sag mal Inge, was setzt du uns am Freitag denn vor?

Ich: Es gibt ein original erzgebirgisches Pilzgericht. Der Torsten Wollberg hat sich bereit erklärt, die Pilze dafür nochmal zu kontrollieren. Ich glaube, Frieda fände es besser. Die hat Angst, dass ich euch vergiften will.

Frieda: Jetzt übertreibst du aber, Inge. Vorsicht ist eben besser als Nachsicht.

Ich: Ja, da hast du Recht. Ich sag ja gar nichts. Soll ich den Thorsten denn auch einladen?

Irmgard: Ich weiß wirklich nicht, ob er sich als einziger Hahn mit acht Hennen wohlfühlt. Lass mal, oder willst du einen neuen Freund, weil du Walther abserviert hast?

Ich: Der Walther war mir zu alt, ich will doch keinen Mann, den ich in 5 Jahren pflegen muss. Und nein, ich will keinen neuen

Freund. Von Männern hab ich wirklich genug.

Marianne: Dann mach aber unserem Esoterikpaar keine Konkurrenz, hihihi. Ich bin heute übrigens über die Burloer Straße gefahren. Da war Frau Sauer wieder am Demonstrieren. In welcher Glaubensgemeinschaft ist die eigentlich?

Gudula: Die war nicht immer so. Meine kleine Schwester Hildegard war mit ihr in einer Grundschulklasse. Dann ist sie irgendwie an diese komische Sekte gekommen. *Kirche der gerechten Gläubigen* heißt die.

Ich: Noch nie was von gehört, aber wir müssen Schluss machen, ich muss mit Bambina zur Hundeschule.

Maria: Ohhh, ich wollte auch schon immer einen Hund. Vielleicht hole ich mir ja auch einen. Dann könnten wir zusammen zur Hundeschule gehen. Die beiden würden

bestimmt beste Freunde werden. Ach, wär
das schön. Da muss ich drüber schlafen.

Ich: Wenn du willst, Maria, es ist aber auch
echt anstrengend. Da können wir gern
nochmal drüber reden. Ich muss jetzt weg.

***

Kapitel 8 – Donnerstag, 07. Oktober 2021

"Auferstanden aus Ruinen und der Zukunft zugewandt…
lalala."

Oh sorry, aber wenn man das jahrelang zum *Tag der
Republik* singen muss, geht das in Fleisch und Blut über.
Aber diese Zeiten sind ja glücklicherweise schon lange
vorbei. Mir hat es gerade den Boden unter den Füßen
weggezogen. Ich guck ja jeden morgen nach der

Morgentoilette und dem Frühstück mit BBV, auf mein Handy. Da stand: 10 Nachrichten! Zehn! Und wisst ihr warum? Da schreibt uns die Maria, dass gestern Nacht Frau Nachtigall gestorben ist. Sie hat Ute wohl mehrmals besucht, war gestern Abend noch bei ihr, da ging es ihr schon sehr schlecht. Ihre Tochter hat sie dann gleich heute Morgen angerufen.

Es war ja ziemlich klar, dass es mit ihr nicht mehr lange so weiterläuft, aber so schnell hätten wir nicht mit ihrem Tod gerechnet. Wir haben ausgemacht, zum Kondolieren heute Nachmittag vorbeizugehen. Die Nachtigalls haben keine große Familie, sie hatte wohl nur die Tochter, die freut sich vielleicht über etwas Zuspruch.

*

Wir trudeln vor dem Elternhaus von Steffi Nachtigall ein. Sie öffnet uns mit rotgeweinten Augen die Tür und lächelt zaghaft. Maria nimmt sie gleich tröstend in die Arme. Wir gehen zusammen ins Wohnzimmer der Verstorbenen. Sie hat uns einen Kaffeetisch gedeckt und nachdem sie eingeschenkt hat, berichtet sie:

"Ach, der Mama ging es schon die ganze Woche immer schlechter, ich glaube sie wollte einfach nicht mehr. Hat auch ihre Tabletten nicht mehr regelmäßig genommen, und zum Arzt wollte sie nicht. Nur den Tee vom neuen Esoterikladen hat sie getrunken, meinte, er täte ihr gut."

Sie wird von einem Weinkrampf unterbrochen, schnäuzt lautstark ins Taschentuch und fährt fort, "Gestern ist sie, soviel ich weiß gar nicht mehr auf Toilette gegangen, musste aber erbrechen."

"Was hat denn ihr Hausarzt gesagt, er musste doch den Totenschein ausfüllen?" fährt Irmgard etwas gefühllos dazwischen.

"Er hat gesagt, dass die Nieren eben jetzt vollständig versagt haben, und ich soll mir keine Gedanken machen, es war unausweichlich, da sie ja auch keine Dialyse haben wollte, sie hatte einfach die ganzen Qualen satt."

"Hm", kommt nur noch von Irmgard.

Unter Schluchzen berichtet Steffi weiter, "Gregor Beckmann vom Bestattungshaus hat sie heute morgen abgeholt, sie wollte ja immer verbrannt werden. Er kümmert sich glücklicherweise um alles. Ich habe gefragt, ob die Beerdigung eventuell schon am Dienstag stattfinden kann."

"Wieso gerade am Dienstag, wird das nicht etwas knapp mit dem Krematorium?", hake ich nach.

"Das ist mir jetzt etwas peinlich, aber meine Mama hatte so einen Aberglauben. Sie wollte unbedingt am Wochentag ihrer Geburt, eben einem Dienstag beerdigt werden. Sie sagte, dann könnte die Seele am besten ruhen."

"Noch nie was von gehört", lässt sich Frieda vernehmen, "aber wenn sie das so wollte. Geht das denn?"

"Gregor hat gesagt, man muss so vier Tage rechnen, da vor der Kremierung auch nochmal ein Arzt den Leichnam anschaut. Aber das klappt schon. Da wir evangelisch sind habe ich schon mit Pfarrerin Doktor Kleine-Vehne gesprochen. Die Beisetzung ist am Dienstag, 11.00 Uhr."

"Hä, wieso Doktor – ich denke Pfarrerin?", fragt Marianne verwundert.

Also unsere Marianne ist manchmal schon etwas wunnerlich... Ich rolle innerlich mit den Augen, will gerade eine nette Antwort geben, als Irmgard dazwischenfährt, "Also Marianne, jetzt überleg doch mal. Die gute Frau hat Theologie studiert und dann eine Doktorarbeit geschrieben und somit Ihren DOKTOR IN THEOLOGIE gemacht!" Die linke Augenbraue ist wieder bis an den Haaransatz gewandert, als sie extra langsam, ihre Rede beendet.

Marianne schrumpft förmlich in sich zusammen und wird knallrot. Gudula deeskaliert sofort, "Ist ja gut, Marianne hat da einfach nicht richtig drüber nachgedacht."

Steffi gibt Irmgard noch ein Stück Pflaumenkuchen auf den Teller, wahrscheinlich, damit sie aufhört zu reden...

Als wir uns wenig später verabschiedet haben, bittet mich Maria noch, mit ihr zusammen im Tierheim nach einem Hund zu schauen. Wir verabreden uns für Freitag Vormittag. Da können wir gleich noch mit Bambi eine Runde im Bocholter Stadtwald drehen, bevor wir im nahegelegenen Tierheim nach einem passenden Hund für sie schauen.

**

Kapitel 9 - Freitag, 08. Oktober 2022

Bevor ich mich mit Maria treffe, muss ich allerdings in die Pilze gehen. Da es am Vorabend wieder geregnet hat, finde ich allerhand Steinpilze, Maronen, Butterpilze und Goldröhrlinge. Wie verabredet, melde ich mich bei Torsten und er stellt zufrieden fest, dass sich kein einziger Giftpilz in mein Körbchen geschlichen hat. Also ab nach Hause, die Schwamme in den kühlen Keller und nach Bocholt zum Stadtwald gefahren.

Maria erwartet mich schon am Parkplatz. Bambina ignoriert Maria weitestgehend. Meine Hündin hat halt ihren eigenen Kopf. Als wir beim Tierheim ankommen, ist sie schon ganz hibbelig vor Aufregung.

"Was machen wir denn, wenn wir hier keinen Hund für mich finden?", fragt sie mich. "Dann fahren wir nach Coesfeld oder nach Kranenburg, dort ist ein ganz großes Tierheim." Sie wird immer aufgeregter, als wir auf die Hundeabteilung zulaufen. Der erste Hund den wir sehen, ist eher ein Kalb, heißt laut Schild Hugo und gefällt Maria gar nicht. Danach kommt eine Fußhupe, die sofort laut bellt bzw. quiekt und am Gitter hochspringt, Bambina versteckt sich verängstigt hinter mir. Also der ist auch abgewählt. Das dritte Gehege sieht leer aus, bis ich hinter dem Hundebett ein hellbraunes Haarbüschel entdecke. Ich stoße Maria an "Guck mal, da versteckt sich jemand." Laut Schild wohnt hier Renate, 18 Monate alt, aus Rumänien.

Maria hockt sich vors Gitter und schnurrt, "Renate, komm doch vor, zeig dich mal". Da erscheint erst ein zweites Ohr, Bambina fängt an zu winseln, daraufhin tauchen zwei braune Reh-Augen über dem Bettchen auf. Bambina fängt an, sich vor dem Gitter wie wild zu drehen und Maria lockt weiter. Schließlich kommt ein brauner Hundekopf mit weißer Schnauze und schwarzer Nase vorsichtig hervor, sie ist ungefähr so groß wie mein Hundekind. Als Bambina weiter durchdreht, traut sich Renate vorsichtig mit eingezogenem Schwanz ans Gitter. Renate ist ganz entzückend, hält ihren Kopf schief, hat ihre Ohren auf Halbmast und schließlich, nachdem sie ausgiebig geschnuppert hat, fängt sie an mit dem Schwanz zu wedeln. Nein, das ist total untertrieben, der ganze Hund wackelt…

"Das ist meine Hündin, genau die habe ich gesucht", jubelt Maria.

Eine Frau vom Tierheim kommt zu uns und Maria würde Renate am liebsten gleich mitnehmen. Das geht natürlich nicht, sie hat ja noch nicht mal eine Grundausstattung. Frau Korthaus fragt Maria noch nach ihrer Wohn-situation, und meint, Renate brauche noch etwas Erziehung, da sie sehr unsicher sei. Wir dürfen aber eine kleine Runde mit ihr gehen, sie bekommt ein Geschirr um und Maria führt Renate begeistert an der Leine. Bambina läuft sofort neben ihr und die beiden Hunde scheinen die besten Freundinnen zu werden.

Maria ist ganz selig und mir gefällt Renate auch. Frau Korthaus erwartet uns schon, teilt Maria aber mit, dass sie bis zur endgültigen Entscheidung doch bitte mindestens noch einmal mit Renate spazieren gehen soll. Meine Freundin macht einen Termin für morgen Vormittag aus. Wir fahren glücklich nach Rhede zurück. Sie möchte mit mir gleich zum Kiebitzmarkt fahren, um alles für Renies (so wird sie liebevoll getauft) Grundausstattung zu besorgen.

Na das ging ja mal fix, aber es war halt Liebe auf den ersten Blick. Ich freu mich sehr für sie und wir beschließen, auch zusammen zur Hundeschule gehen.

Aber jetzt muss ich mal so langsam in die Puschen kommen und das Essen für heute Abend vorbereiten. Eingeladen sind Irmgard, Gudula, Marianne, Frieda, Maria und Meduna Xana mit ihrer Lebensgefährtin, auf die bin ich ja gespannt. Torsten wollte leider nicht kommen, zu viele Weiblichkeiten...

+++

Gestern hatte ich bei der dämlichen Sauer endlich soviel rumgeschmalzt, dass sie mich heute zum Mittagessen eingeladen hat. War ganz schön schwierig, ich musste extrem viel Charme bei der doofen Kuh einsetzen. Als sie dann noch zu mir sagte, dass sie am Nachmittag mit Rudolf zur Ärztin muss, sah ich schon meine Felle davonschwimmen. Glücklicherweise stellte sich heraus, dass Rudolf ihr Balinesenkater ist. Sie muss am Nachmittag mit ihm zur jährlichen Untersuchung und Impfung zu Frau Doktor Bremicker. Na, mal schauen, ob sie da noch hinkommt...

+++

Jetzt hätte ich doch fast vergessen, dass ich noch mit Bambina zur Tierärztin muss, so ein Käse, dass wird jetzt aber sportlich. Der Termin ist 16.00 Uhr. Mein Besuch kommt 19.00 Uhr. Ach, wird schon schiefgehen.

Ich ess was Schnelles zu Mittag. Anja hab ich schon gesagt, dass ich mich heute ausnahmsweise nicht um mein Enkelkind kümmern kann. Ich bereite schon mal die Pilze vor. Für die Klöße koche ich einen Teil der Kartoffeln, den anderen Teil schäle ich und lege ihn in kaltes Wasser ein. Ein kleines Mittagsschläfchen ist auch noch drin. Dann geht es mit dem Auto und Bambi ab zur Praxis von Frau Bremicker.

Ich schelle am Haus der Tierärztin, der Türöffner klickt und die Arzthelferin begrüßt uns freundlich. Sie fragt nach unserer Anschrift, und Bambi muss auf die Waage, ich bin ganz stolz, weil sie so brav sitzen bleibt. Wir sind allein im Wartezimmer, Frau Bremicker ist noch beschäftigt. Ich schau mich derweil etwas um, Bambina beschnüffelt aufgeregt alles. Plötzlich steht sie ganz starr vor der Tür zum Behandlungsraum, dann fängt sie an zu fiepen. Ich frage mich gerade warum, als ich ganz komische Geräusche aus dem Zimmer der Ärztin höre. Erst ein

Stöhnen, dann ein Geräusch als würde jemand Erbrechen, Schreie und ein Krachen...

Bambina sprintet verängstigt auf mich zu und versteckt sich hinter mir, mein Herz rast... Dos gibbts doch gor net, wos is de nu lus? Jetzt denke ich schon erzgebirgisch...

Da ist jetzt ein Rummel im Behandlungszimmer, Stimmengewirr, Schluchzen. Ich erwische mich dabei, dass ich schon an der Tür stehe, als sie aufgeht und eine leichenblasse Arzthelferin vor mir steht. Ich gucke an ihr vorbei, da liegen Schuhe auf dem Boden, Moment an den Schuhen hängen Beine. Nein, da liegt eine Frau im ihrem Erbrochenen, die Ärztin (nehme ich an) kniet neben ihr und macht eine Herzdruckmassage. Die zweite Arzthelferin spricht aufgeregt ins Telefon. Eine Katze sitzt verängstigt unterm Tisch. Ich kann meine Augen nur mühsam von der Dame am Boden lösen. Sie hat ganz blaue Lippen, irgendwie kommt sie mir bekannt vor... Frau Bremicker hört jetzt mit der Wiederbelebung auf und schaut mir etwas verstört ins Gesicht.

Die Ärztin steht auf, "der Krankenwagen wird nicht mehr benötigt, die Polizei wäre besser", sagt sie zu der netten Arzthelferin die unsere Daten aufgenommen hat. Und plötzlich fällt es mir wie Schuppen von den Augen, die Leiche mit den blauen Lippen ist diese Frau Sauer, jetzt muss ich mich erstmal am Türrahmen festhalten...

"Frau Schneider", wendet sie sich dann an mich. "Kennen sie die Dame?"

"No jo, ich kenn se nur vum Oguckn... Entschuldigung, ich kenne sie vom Ansehen". Ich muss mir meinen Dialekt echt abgewöhnen.

In dem Moment klingelt es Sturm und der Notarzt mit Sanitätern wird eingelassen. Ich trete schnell beiseite. Frau Bremicker erklärt Ihnen:

"Sie klagte schon über Übelkeit, Herzrasen und Schwindel, als sie hier mit ihrem Kater ankam. Aber das kann ja schon mal vorkommen. Plötzlich wurde sie kalkweiß, krampfte und musste brechen. Ehe wir reagieren konnten, brach sie zusammen und kollabierte schließlich." Der Notarzt bittet uns mit Nachdruck, Platz zu machen, wir verlassen den Raum, die Arzthelferin schnappt sich noch schnell den Kater.

"Sowas habe ich in meiner ganzen Laufbahn noch nicht erlebt, dass eine Besitzerin in der Praxis stirbt, meine ich. Entschuldigen Sie, aber ich dachte, sie kennen Frau Sauer, da sich ihr Kater Rudolf gleich bei Ihrem Hund in Sicherheit gebracht hat."

"Huch, eigentlich mag Bambina keine Katzen." Der Kater hat sich jetzt wirklich hinter Bambi versteckt. Er hat einen kittweißen Körper. Sein Kopf, Schwanz und die Pfötchen sind dunkelgrau mit schwarz. Er ist sehr schlank, mit großen Ohren und sieht total arrogant aus. Also noch eingebildeter als normale Katzen. Sorry, an alle Katzenfreunde – aber ich bin nun mal ein Hundemensch.

"Rudolf ist eine Rassekatze, ein Balinese. Er mag keine Hunde, eigentlich mag er niemanden, außer sein Frauchen", sagt die Arzthelferin, und desinfiziert sich ein paar frische Kratzer am Arm.

Meine Neugier ist nach dem ersten Schock natürlich geweckt. "An was könnte Sie denn verstorben sein, Sie als Ärztin haben doch bestimmt eine Idee?"

"Ich bin keine Pathologin, aber ich würde ganz spontan auf eine Herbstzeitlosen-Vergiftung tippen. Was mache ich jetzt nur mit Rudolf? Heute ist mein letzter Arbeitstag, wir haben zwei Wochen Praxisurlaub. Ich fahre weg, soviel ich weiß, ist Frau Sauer alleinlebend. Könnte eine von euch den Kater erst einmal aufnehmen, sonst muss er ins Tierheim", wendet sie sich an ihre Mitarbeiterinnen.

Beide schauen betreten auf den Boden. Frau Bremicker schaut hilfesuchend zu mir. "Der Kater mag Ihren Hund, könnten Sie nicht eventuell eine Weile das Tier aufnehmen? Ich würde Ihnen auch alles Nötige mitgeben. Habe immer Werbegeschenke von Vertretern da. Futter, ein Körbchen, Katzenklo und Streu. Es wäre mir wirklich eine große Erleichterung, wenn ich wüsste, dass Rudolf erst einmal versorgt ist.

Ich bin hin und hergerissen. Aber die Ärztin schaut mich so hilfesuchend an, da kann ich einfach nicht Nein sagen. "Wenn ich nicht erst noch was für Rudolf kaufen muss, nehme ich ihn für eine Weile auf. Aber nicht für immer, nur bis die Umstände geklärt sind.

"Sie tun mir einen riesengroßen Gefallen" sagt Frau Bremicker und beginnt verschiedene Sachen zusammen-zusuchen. Jetzt klingelt es schon wieder an der Tür, der Summer geht, die Tür wird geöffnet und zwei Polizisten betreten den Warteraum.

***

Kapitel 10 – immer noch Freitag, 08. Oktober 2021

„Guten Tag, die Damen, was ist denn hier genau passiert?", fragt der junge Polizist.

Frau Bremicker erklärt, was sich ereignet hat. Die beiden bitten uns hier zu warten und gehen in den Behandlungsraum, wo noch Sanitäter und Notarzt mit der Toten sind.

Wir sitzen alle total geschockt auf den Stühlen. Nach einer Weile kommen die Polizisten wieder heraus. Sie teilen uns mit, dass der Leichnam gleich von der Polizei abgeholt und in die Rechtsmedizin nach Münster zur Autopsie gebracht wird. Das bedeutet dann wohl, dass wirklich ein nicht-natürlicher Tod vermutet wird...

Wir werden jetzt einzeln befragt. Frau Bremicker geht mit dem Polizisten in den zweiten Behandlungsraum. Ich soll mit der Polizistin im Pausenraum befragt werden. Die beiden Arzthelferinnen müssen noch warten. Bambina darf mit mir mit, Rudolf hat sich unterm Stuhl verkrochen und faucht, sobald ihm jemand zu nahe kommt.

Die Polizistin ist sehr nett und fragt, ob ich die Verstorbene kenne. Ich erzähle alles was ich weiß, dass ist in diesem Fall ja nicht viel. Ich sag ihr, das ich nur mit meinem Hund zur Kontrolluntersuchung wollte. Ich werde entlassen und die Arzthelferin kommt als Nächstes an die Reihe. Frau Bremicker ist auch gerade rausgekommen.

Ich wende mich an die Ärztin, "Ich glaube, den Termin mit Bambina holen wir dann nach Ihrem Urlaub nach? Dann können wir auch gleich über Rudolf sprechen."

Irgendwie habe ich es jetzt doch sehr eilig, von hier wegzukommen.

"Ja, das machen wir so. Ich gebe Ihnen alles für den Kater mit."

Dann packt Sie mir einen großen Karton mit Katzenzubehör. Den Kater steckt sie unter lautstarkem Protest in eine Transportbox. Frau Bremicker hilft mir noch alles zum Auto zu transportieren und gibt mir ihre private Handynummer, falls ich Fragen oder Probleme habe.

Sie bedankt sich noch einmal bei mir und wünscht mir alles Gute. „Nach meinem Urlaub melde ich mich dann sofort bei Ihnen."

Ich setze mich ins Auto, Bambina und Rudolf sind in ihren Boxen im Kofferraum und mein Kopf fällt ganz automatisch aufs Lenkrad, huuuuuuuuuuuup.

Es dauert eine Weile bis ich erkenne, dass meine Stirn das Hupkonzert auslöst, huch, ist das peinlich. Schnell nach Hause, ich muss jetzt erstmal die Lage klären. Es ist schon fast halb sechs als ich in meiner Wohnung bin, den Kater lasse ich lieber erstmal in seiner Box, er hat noch ins Wartezimmer gepullert, da wird er es noch aushalten, schätze ich. Er faucht vernehmlich, als ich ihn in einer Ecke des Wohnzimmers abstelle. Bambina sitzt aufgeregt, mit dem Schwanz aufs Parkett klopfend, davor. Ich muss jetzt Essen kochen, den Tisch decken… mir wird ganz schwummerig, das schaffe ich ganz bestimmt nicht alles.

Aber Gesprächsstoff wird uns heute Abend ganz sicher nicht ausgehen. Ich bin noch beim Abschmecken, als es viertel vor sieben an der Tür klingelt. Mit Kittelschürze um gehe ich hin und bin so froh, dass Frieda draußen steht.

"Ich dachte, ich komm etwas früher. Soll ich dir bei irgendwas helfen?"

"Du bist mein Engel, könntest schon mal den Tisch decken? Ich hatte riesigen Stress heute. Ich erzähle euch gleich alles."

Ich gebe ihr das Geschirr und den Tischschmuck, dann verschwinde ich wieder in der Küche. Als ich plötzlich ein *Huch*, ein *Klick* und *Beng*, gleichzeitig ein *Chhhhhh* höre renne ich wieder ins Wohnzimmer.

"Welches Monster hattest du denn hier in der Box? Ich bin aus Versehen dagegen gestoßen, das Türchen ging auf und ich sah nur ein weiß-graues, fauchendes Knäul wegspringen. Aua, tut das weh, es hat mich gekratzt!"

„Oh, ich hätte es dir sagen sollen. Aber ich war so im Stress, ich habe einen Balinesenkater, den Rudolf, zur Pflege übernommen. Er ist etwas – anders, will ich mal sagen. Wo ist er denn hin?"

„Ich glaube, er ist unters Sofa geflitzt. Mensch, tut das weh. Hast du was zum desinfizieren? Das ist ja ein Düwelken!"

Ich renne ins Bad, hole Desinfektionsmittel und Wundsalbe (die Gute aus dem Osten, die gab's schon in der DDR). Als Frieda verarztet ist, kauern wir uns beide unter die Couch. Wir sehen nur ein Augenpaar, das uns beleidigt anschaut.

„Dann lassen wir ihn einfach da sitzen, wenn er sich beruhigt hat, kommt er bestimmt wieder vor. Futter und Wasser stelle ich ihm hinters Sofa. Ich hoffe, er pullert mir nicht drunter...", sag ich zur Frieda.

„Die anderen kommen auch gleich", stellt Frieda fest und deckt mit Feuereifer den Tisch fertig ein.

Es ist inzwischen kurz vor 19.00 Uhr und ich bin mit dem Kochen fertig. Der Nachtisch ist auch schon in der Schüssel angerichtet, da hab ich mich das erste Mal an *Herrencreme* gewagt. Die ist echt lecker, vor allem mit einem guten Schuss Rum.

Es klingelt, Frieda öffnet. Ich muss mir noch meine Schürze ausziehen. Gudula, Marianne und Irmgard kommen in die Küche und haben mir eine schöne, große Blumenschale mitgebracht. Meine Lieblingsstaude, lila

Hortensien, die stelle ich gleich an die Haustür nachdem ich die drei umarmt habe. Da kommt selbst Irmgard nicht drumrum, obwohl sie selbst dabei versucht, auf Abstand zu bleiben.

Als ich die Schale auf der Türenstufe gerichtet habe, höre ich ein trällerndes „Huhu, liebe Inge". Ich schaue auf und sehe zwei Frauen lächelnd auf mich zukommen. Meduna Xana und an ihrer Hand eine Wiedergeburt von Rapunzel. Eine Frau von vielleicht 35 Jahren, ihr goldblondes, sanft gewelltes Haar fließt über ihre Schultern. Sie strahlt mich aus azurblauen Augen an. Da wird jede normale Frau neidisch, so wunderschön ist sie.

„Hi" grüßt sie mich, „Ich bin die Susanne Fee, du kannst gern Susi sagen". Sie streckt mir die Ghettofaust entgegen, verdutzt gebe ich ihr auch die Faust. Meduna, Sabine umarmt mich.

Meduna tänzelt an mir vorbei ins Haus, ich gehe als Letzte. Dabei stelle ich fest, dass Susi zwar wie aus einem Märchen entstiegen ausschaut, aber einen Gang hat... Also bei uns zu Hause würden wir sagen: *Die laatscht wie ä Saubauer!* Nichts gegen Bauern, aber hier hört die Fee eindeutig auf. Ein interessantes Pärchen.

Nachdem sich alle begrüßt und vorgestellt haben, muss ich unsere Esoterikerin noch was fragen. „Wie sollen wir dich eigentlich ansprechen, Meduna oder Sabine?"

„Wenn wir so unter uns sind, dürft ihr mich gern mit meinem Geburtsnamen ansprechen. Im Geschäft dann bitte Meduna."

„Fein, Sabine, dann setzt euch bitte. Essen ist fertig."

Vom Sofa, beziehungsweise *von unter dem Sofa* kann man ein Grummeln vernehmen.

„Hast du neuerdings einen Hausgeist?" fragt Gudula, nachdem sie festgestellt hat, das Bambina schon unterm Tisch auf Leckerlies wartet.

„Ich kann Euch sagen, dass war ein Tag heute, ich habe unerwarteterweise noch ein Haustier zur Pflege bekommen, ich erzähle gleich alles. Aber jetzt bekommt ihr erstmal was auf die Teller."

Ich bring das Essen zum Tisch, verteile und dann berichte ich den Mädels, was sich zugetragen hat.

„Schon wieder ein Mord in unserem Rhede, das gibt es ja nicht!", kommt von Frieda.

„Vielleicht war es ja gar kein Mord, sondern einfach ein Unfall oder sie hat was Verdorbenes gegessen", wirft Marianne fragend ein.

„Ein Glück, dass die Schreckschraube über den Jordan ist! Sorry, aber die hat meiner Liebsten doch das Geschäft versaut. Ich hätte sie auch am liebsten abgemurkst, aber glücklicherweise hat mir das jemand abgenommen." Sagt Susi, also von einer Fee hat sie wirklich nicht viel.

Ich muss sagen, ich bin ein bisschen schockiert. Man sieht es mir wohl an, denn Sabine legt ihre Hand auf die von Susi und meint beschwichtigend, „So hat Susi das nicht gemeint, aber es war schon hart für uns. Jeden Tag stand diese Frau vor dem Geschäft mit ihren Schildern und hat garantiert einige Leute davon abgehalten, mal reinzuschauen. Aber Susi könnte keiner Fliege was zuleide tun. Sie fängt auch Spinnen mit einem Glas ein und trägt sie nach draußen."

„Das haben wir auch nicht angenommen, keine Sorge. Aber ich hätte auch nicht gedacht, dass hier in so einer netten Stadt, ein Mörder sein Unwesen treibt. Vielleicht hätte ich doch nicht hierher ziehen sollen…" sagt Maria und guckt etwas verängstigt.

„Schlechte Leute gibt es überall, man kann den Menschen nur vor den Kopf gucken!", lässt sich auch Irmgard vernehmen. „Aber ich hätte auch nicht gedacht, dass ich das noch einmal erleben muss."

„Wieso noch einmal?", fragt Sabine verdutzt.

Wir erzählen daraufhin von unserer ersten Mordermittlung im vorigen Jahr. Susi und Sabine klappt synchron der Unterkiefer herunter und auch Maria ist überrascht.

Inzwischen haben alle aufgegessen, ich hole den Nachtisch und bringe auch gleich eine Flasche Anis mit.

Auf den Schreck brauchen wir alle einen kleinen Verdauungsschnaps.

Als Schlusswort kommt ein nur leicht unterdrückter Rülps von Susi. Sie grinst, „Nochmal Sorry, aber schon Luther hat doch das mit dem Rülpsen und Furzen gesagt. Das Essen war wirklich supi-geil, seid froh, dass ich nur Ersteres gemacht habe.

Meine Mädels bestätigen ihr Urteil, allerdings ohne Nebengeräusche. Ich bin glücklich über das einstimmige Lob. Wir quatschen und trinken noch ein bisschen und beschließen am Sonntag zusammen zum Klumpensonntag zu gehen. Allerdings ohne Sabine, die hat nämlich einen eigenen Stand dort und Susi wird ihr helfend zur Hand gehen.

Irgendwann verabschieden sich meine alten und neuen Freundinnen. Ich werfe die Spülmaschine an, netterweise haben sie vorher alle beim Abräumen geholfen.

Zufrieden und ziemlich k.o. sitze ich auf meinem Sofa, Bambina habe ich ausnahmsweise einfach in den Garten gelassen, dort hat sie eine Stelle, wo sie im Notfall ihr

Geschäft verrichtet. Plötzlich kommt Rudolf ganz vorsichtig an der gegenüberliegenden Seite der Couch vorgekrochen, schleicht erst zum Katzenklo und danach zu seinem Futter. Dabei dreht er sich immer wieder lauernd nach mir um. Ich spreche beruhigend auf ihn ein, „Nu mei Kleener, ich namm dir dei Fudder nich wag. Da mussde keene Sorche ham." Jetzt spreche ich schon mit einem Westkater erzgebirgisch. War wohl doch etwas viel heute.

Er beschließt mir zu glauben, frisst und trinkt dann aus Bambis Wassernapf. Vielleicht hat er Angst, wie sein Frauchen vergiftet zu werden...

Bambi kommt gerade wieder ins Wohnzimmer, guckt leicht irritiert, aber lässt Rudolf seinen Willen. Er legt sich in sein Körbchen und auch Rudolf geht in seine Box, scheint besser zu sein als unterm Sofa.

Ich möchte jetzt eigentlich auch ins Körbchen, äh Bettchen. Da summst mein Handy.

Eine WhatsApp-Nachricht ist eingegangen.

Du wurdest zur WhatsApp-Gruppe:

Miss-Marpel-Club-2.0 hinzugefügt.

Weiterhin in der Gruppe sind Gudula, Irmgard, Marianne und Frieda.

Okay, wir sind wieder da!!!

***

Kapitel 12 – Samstag, 09. Oktober 2021

Ich hab mich so erschreckt heute morgen! Ich hätte noch im Bett fast einen Herzklabaster bekommen.

Ich bin so am Aufwachen, die Sonne scheint zwischen den Jalousien durch, die Vögel zwitschern im Baum vor meinem Fenster. Ich strecke mich nochmal im Bett aus, plötzlich ein empörtes Miauen und Fauchen und ich habe ein Rudolf-Krallenmuster am Hals. Da hatte sich dieser verwöhnte Stubentiger doch glatt neben mir ins Bett auf mein Kissen gelegt. Das darf selbst Bambina nicht, ihr Zweitkörbchen steht am Fußende, jetzt guckt sie mich ganz verdattert an.

Rudolf sitzt immer noch auf meinem Kissen und faucht vor sich hin, so nicht mein Lieber. Solche Spirenzkes (boahr, ich kann schon fast perfekt Platt sprechen) gibt's bei mir nicht. Da kenn ich gar nichts und nehme ihn trotz heftigen Widerstandes vom Bett. So schnell ich kann, trage ich das Monster ins Wohnzimmer und platziere ihn auf seinem Kissen.

„Ne, mei Gudster, so gied dos nich!" Hoffentlich ist er mehrsprachig.

Ich geh erstmal ins Bad, als ich in den Spiegel schaue, sehe ich eine Frau die gerade einen Kampf ums nackte

Überleben erfolgreich gewonnen hat. Ich habe blutige Kratzer am Hals, an beiden Händen und Unterarmen. Naja, Corona hat auch sein Gutes, früher hatte ich nie Desinfektionsmittel im Haus. Jetzt kann ich mich großzügig behandeln. Ich bin gerade mit der Grundrestaurierung fertig, als es an der Haustür schellt. Ich habe ein ganz blödes Gefühl…

Ich öffne und schaue meinen zwei Lieblings-Kripo-Beamten ins Gesicht. Es scheint in Münster nur diese beiden Beamten zu geben, sowas aber auch.

„Was ist denn mit Ihnen passiert, Frau Schneider?", ist dann auch der erste Satz von Frau Hülskamp.

„Guten Morgen. Ich hatte einen Kampf um die Eigentumsverhältnisse meines Bettes mit einem blöden Kater."

„Sind Sie jetzt auch noch zu einem Haustier gekommen?" fragt Kommissar Wohlbeck.

„Momentan sind es sogar zwei Haustiere. Ich habe mir im Sommer einen Hund angeschafft", prompt kommt

Bambina schwanzwedelnd an die Tür, „und seit gestern habe ich den Kater von Frau Sauer in Pflege."

„Den Kater der Ermordeten?"

Mein Inneres *Ich* muss Grinsen, hat er sich doch tatsächlich verquatscht. „Also wurde Frau Sauer ermordet?" frag ich ganz unschuldig nach.

Der Kommissar guckt mich streng an (also wie immer). „Wir haben noch keine Obduktionsergebnisse, aber die Umstände sprechen für einen Mord. Wie passen Sie, Frau Schneider, schon wieder in die ganze Geschichte?"

„Ich war ganz zufällig in der Praxis um meinen Hund durchchecken zu lassen. Da Frau Bremicker in den Urlaub fährt und die Frau Sauer keine nahen Angehörigen hat, wurde ich gebeten, das Tier für eine Weile zu nehmen. Die Angestellten waren dazu nicht in der Lage, und so langsam bereu ich es auch. Dieses blöde Mistv..., sorry, aber das ist wirklich ein... egal."

„Kennen Sie die Frau Sauer näher?", fragt die Kommissarin.

„Nicht persönlich, aber sie ist wohl in irgend einer komischen Sekte oder Freikirche. In der Burloer Straße gibt es seit Neuestem ein Esoterikgeschäft, vor dem hat sie die ganze Zeit demonstriert. Die Arme Meduna Xana, äh Sabine Müller, war schon ganz fertig mit den Nerven."

„Wer jetzt, Meduna Xana oder Sabine Müller?", fragt Herr Wohlbeck.

„Das ist ein und dieselbe Person, ihr gehört die *Seelenpforte*, also der Esoterikladen. Sonst kenn ich die Sauer gar nicht. Das war alles reiner Zufall.

„Jaja, Ihre Zufälle kennen wir inzwischen. Okay, dann belassen wir es für den Moment. Aber denken Sie an Ihr Versprechen, sich nicht wieder in Ermittlungen einzumischen!"

„Ja, an Versprechen sollte man sich nach Möglichkeit halten", sag ich und kreuz vorsichtshalber die Finger hinterm Rücken. Glücklicherweise verabschieden sich die Beiden. Ups, das kann ja was werden.

Das muss ich gleich in unsere WhatsApp-Gruppe schreiben.

Gesagt, getan.

Schon ploppen die Antworten auf:

Irmgard: Also, wo wollen wir anfangen? Da mein Steckenpferd, wie ihr wisst, die Botanik ist, werde ich gleich einmal meine Kenntnisse über Pflanzengifte auffrischen. Welche Symptome zeigte Frau Sauer? Erinnere dich bitte genau, eine Kleinigkeit kann schon Aufschluss geben, Ingeborg.

Ich: Die Ärztin sagte, sie kam mit Übelkeit, Herzrasen und Schwindel. In der Praxis hat sie gekrampft, ist zusammengebrochen, hat gek... sich übergeben. Als ich sie gesehen habe, sind mir ihre blauen Lippen aufgefallen. Frau Bremicker hat auf Herbstzeitlose getippt.

Irmgard: Ich werden alle Daten abgleichen. Melde mich sofort bei euch, wenn sich ihre und auch meine Ahnung bestätigt.

Marianne: Wir können uns doch nicht schon wieder einmischen, wenn das die Polizei mitbekommt, kriegen wir dieses Mal richtigen Ärger. Das lassen die uns nicht noch einmal durchgehen.

Gudula: Ach, Marianne! Sei doch nicht schon wieder so ne Schissbuxe! Wir machen das doch nur für uns.

Frieda: Sollen wir nicht Maria mit in die Gruppe aufnehmen. Vielleicht auch Sabine und Susi? Die sind doch total lieb.

Irmgard: Wir sollten immer bedenken, dass alle außer uns fünf potenzielle Mörder bzw. Mörderinnen sind. Für uns lege ich die Hände mit Freuden ins Feuer, aber bei Mordermittlungen bleiben wir unter uns.

Ich: Ich muss Irmgard wohl oder übel Recht geben. Wir sollten unter uns bleiben und es möglichst ein bissel geheim halten.

Marianne: Gehen wir trotzdem morgen zusammen zum Klumpensonntag in die Stadt?

Frieda: Ja bitte, lasst uns gegen Mittag hingehen, dann können wir was Leckeres essen. 12.00 Uhr?

Wir verabreden uns für morgen und für heute mache ich mir erstmal Notizen, wer momentan für den Mord in Frage käme:

Mögliche Mörder/-in:	**Gründe:**
Meduna Xana	Sauer wollte ihr das Geschäft kaputt machen
Susi Fee	Ihre Freundin verteidigen

Ich muss sagen, dass sind ja noch nicht viele Fährten, aber was nicht ist, kann ja noch werden…

***

Kapitel 13 – Sonntag, 10. Oktober 2021

Wie verabredet, treffen wir uns um zwölf an der Gudula-Kirche. Endlich ist mal wieder was los in Rhede. Ich wohne jetzt ungefähr zwei Jahre hier und hab immer noch nicht die berühmte Rheder Kirmes erlebt. Naja, hoffentlich im nächsten Jahr. Jetzt wenigstens der erste Klumpensonntag.

Wir essen erstmal Schmörkes mit Sauerrahm und trinken ein Bierchen dazu. Lecker, Kartöffelchen auf diese Art, kannte ich bisher nicht.

Frieda stupst mich an, „guck mal, unser Waldmeister winkt". Schon kommt Torsten Wollberg zu uns geschlendert.

„Hallo, die Damen. Wie geht's euch?" Er hebt sein Glas zum Gruß.

Marianne ist ganz aufgeregt, ich glaube, sie steht auf ihn. „Hast du schon gehört, dass in Rhede wieder ein Mord passiert ist?", sagt sie mit roten Apfelbäckchen.

„Nein, wer denn?"

„Die Sauer, diese komische Frau, die immer vor der *Seelenpforte* demonstriert hat. Wie heißt, äh hieß sie nochmal mit Vornamen?", antwortet Gudula.

„Die Regina? Das gibt's doch nicht! Die ging mit mir in die Grundschule, genau wie deine jüngere Schwester Hildegard. Weißt du das nicht, Gudula?"

„Ne, Torsten. Da habe ich überhaupt nicht dran gedacht."

„In so kurzer Zeit, zwei Leute aus meiner alten Klasse gestorben... Das macht einen ganz nachdenklich."

„Wieso, wer ging denn noch in deine Klasse?" frag ich interessiert nach.

„Na, Ute Nachtigall. Die ging auch mit mir in die Grundschule. Eine ermordet, eine an einer Krankheit gestorben. So schnell kann es zu Ende sein. Wer weiß, wer als nächstes dran ist."

„Jetzt unken Sie aber nicht so rum!", poltert Irmgard. „Sowas sollte man nicht herbeirufen."

Das gibt's ja gar nicht, abergläubisch hab ich Irmgard bisher nicht erlebt.

„Wir waren aber schon bei Torsten und Irmgard, in meinen Kursen wird geduzt!", sagt Torsten, und stößt mit unserer Ex-Lehrerin an.

Sie lächelt gnädig. Wir gehen gerade am Stand der Nähgruppe Westmünsterland e.V. vorbei, als Frieda einen Entzückensschrei ausstößt. „Guck mal, Inge. Ist das nicht süß, ein gehäkeltes Püppchen. Wäre das nicht was für deine Enkelin?"

Ich bleib stehen, da sind wirklich zuckersüße gehäkelte Tierchen und Püppchen aufgebaut. Eine kleine Puppe sieht fast aus wie meine Emma, blonde Haarschnüre, ein liebevoll gesticktes Gesicht, die muss ich haben.

„Wieviel kostet die denn?", frag ich die nette Dame.

„Die kostet gar nichts, wir geben alles für eine angemessene Spende ab." Super, was Schönes gefunden und auch noch einen guten Zweck gefördert.

Torsten verabschiedet sich und wir gehen weiter. Von Weitem sehen wir schon Maria am Arm ihres Freundes zwischen den liebevoll aufgebauten Ständen rumschlendern.

„Denkt daran, vor anderen nicht von unseren Ermittlungen zu sprechen.", erinnert uns Irmgard.

„Ja, natürlich, alles potenzielle Mörder", antwortet Frieda etwas schnippisch.

Maria hat uns ebenfalls entdeckt und kommt lächelnd mit ihrem Freund auf uns zu.

„Schön euch zu treffen. Das ist mein Lebensgefährte Achim", stellt sie ihn vor.

Dann sagt sie unsere Namen und er begrüßt uns lächelnd. Netter Mann, den sie sich da geangelt hat, dass muss ich zugeben. Wir quatschen noch ein bisschen und gehen gemeinsam weiter zum Rheder Ei. Wir wollen die Prinzenproklamation miterleben.

Das ist echt klasse gemacht, im Erzgebirge haben wir es ja nicht so mit Fasching bzw. Karneval, dass hab ich euch ja schon im ersten Buch erzählt. Die Tanzmariechen treten auf und dann stellt sich das Prinzenpaar Zwen I. und Silvia III. vor. Da freut man sich direkt wieder auf den nächsten Karnevalsumzug, hoffentlich gibt es den nächstes Jahr, man kann ja nie wissen... Und hoffentlich ohne solche Zwischenfälle wie voriges Jahr, das muss ich nicht noch einmal haben.

Wir latschen noch ein bisschen über den Klumpensonntag, naschen hier was, kaufen da was, so einen verkaufsoffenen Tag muss man schließlich ausnutzen.

Und, hey, ich hab mir sogar ein Paar Holzschuhe, also Klumpen machen lassen. Über das Püppchen wird Emma sich freuen, sie bekommt es am Abend, als Lohn. Schließlich hat sie mit Mama und Papa meine Bambina Gassi geführt und auf Rudolf aufgepasst.

***

Kapitel 14 – Montag, 11. Oktober 2021

Heute morgen hat mich eine Katzenpfote auf meiner Nase geweckt. Ich wollte sie im Halbschlaf wegstreichen, da hörte ich wieder das ärgerliche Fauchen. Ich kann euch sagen, ich war ganz schnell putzmunter, eh ich wieder ein Kratzmuster habe.

Bambina saß etwas gekränkt vor meinem Bett. Also erstmal Hunde-Streichel-Stunde. Daraufhin sprang Rudolf vom Bett und stolzierte zur Schlafzimmertür hinaus zu seinem Futternapf.

Heißt für mich, beide Näpfe auffüllen und dann kann ich endlich ins Bad. Kaum hab ich mich unter der Dusche eingeseift, höre ich das Telefon klingeln. Fix abduschen, aus der Dusche, fast hingefallen, nur um vor dem stillen Telefon zu stehen. Die Anrufliste zeigt mir eine Rheder Nummer. Ich ruf zurück, Steffi Nachtigall meldet sich.

„Hallo Inge, ich muss dir unbedingt was erzählen. Ich bin total fertig. Mich hat vorhin die Kriminalpolizei angerufen."

„Aha, wieso das denn?"

„Sie haben mir berichtet, dass bei der Obduktion von Regina Sauer neben dem Gift das sie tötete, Rückstände eines Pflanzengiftes nachgewiesen wurden. Allerdings nur minimale Reste, die Frau Sauer nicht getötet haben können.

„ Aber was hat das denn mit dir zu tun, du kanntest die Sauer doch gar nicht."

„Nein, es hatte einen anderen Grund. Dieses Gift heißt Orellanin, glaub ich jedenfalls, und ist ein Pilz-Gift."

„Noch nie was von gehört."

„Ihre Nachforschungen haben ergeben, dass dieses Pilz-gift Nierenversagen auslöst. Und da meine Mutter ja ziemlich plötzlich gestorben ist, glauben sie, sie könnte ermordet worden sein. Sie fragten mich, ob meine Mutter in letzter Zeit Pilze verzehrt hat."

„Das gibt's ja nicht, wer sollte denn deine Mama umbringen wollen? Und die Pilze bei der Pilzwanderung haben wir doch alle gegessen. Außerdem war der Pilz-Kurs doch auch schon einige Tage her. Kann ich mir gar nicht vorstellen."

„Ich wollte dir nur Bescheid geben, kannst es ja deinen Freundinnen sagen. Die Polizei kommt ganz sicher auf euch zu. Ich muss diese Nachricht auch erstmal verdauen. Mach's gut."

„Ja, Tschüssi".

Ich sitz auf meinem Stuhl und bin total baff. Wer sollte denn eine sterbenskranke Frau umbringen? Da fällt mir der Torsten Wollberg ein. Den ruf ich erstmal an.

Besetzt – so ein Mist!

Dann muss ich eben googeln. Ich gebe die Frage ein: Wo kommt Orellanin vor?

Dieses Gift findet sich im *Orangefuchsigen Raukopf* und im *Spitzgebuckelten Raukopf*. Ich dachte immer, ich kenne mich ziemlich gut mit Pilzen aus, aber von den Dingern hab ich noch nie was gehört.

Das muss ich sofort meinen Frauen erzählen, ich schreib ihnen eine Whatsapp, aber scheinbar sind momentan alle beschäftigt. Dann mach ich mir eben erst Frühstück. Plötzlich geht die Zwischentür und Emma hüpft zu mir in die Küche. Sie hat mein Püppchen im Arm.

„Oma, meine Püppi ist so schön, ich hab sie ganz lieb. Fast so lieb wie dich, Bambina und Rudolf."

„Du magst Rudolf? Sei vorsichtig mit ihm, er hat mich schon ganz doll gekratzt."

„Mich nicht, schau, er mag mich."

Sie kniet sich vor den Kater und tatsächlich schleicht er schnurrend um Emma herum und kuschelt seinen Kopf an ihr Bein. Das gibt es nicht, dieser eingebildete Kater! Aber mich, die Dosenöffnerin, ignoriert er weitestgehend. Blöder Kerl!

„Sandmann lieber Sandmann" dudelt mein Handy. Es ist Torsten Wollberg.

„Hallo Inge, ich konnte gerade nicht rangehen. Hatte Besuch von der Kriminalpolizei."

„Die waren aber fix. Ging es um die Frau Nachtigall und unsere Pilzwanderung?"

„Ja, sie haben mich ganz schön ausgequetscht. Aber ich hab ihnen gesagt das ich alle Pilze kontrolliert habe, da kann kein Giftpilz drin gewesen sein. Weißt du denn schon um was es geht?"

„Ja, die Steffi Nachtigall hat mich vorhin angerufen. Von diesem Gift und den Rauköpfen hab ich noch gar nichts gehört."

„Der Orangefuchsige Raukopf war sogar Pilz des Jahres 2002. Aber du hast Recht, die Rauköpfe sind nicht so bekannt, werden manchmal mit Pfifferlingen verwechselt. Hier wachsen beide Arten nicht."

„Wo wächst er denn?"

„Er wächst in Nadelwäldern mit torfigen, sauren Böden. In Süddeutschland, z.B. im Schwarzwald oder in

Österreich. Ich glaube, in deiner alten Heimat, im Erzgebirge, auch."

„Im Erzgebirge auch? Das ist ja doof, da haben die Bu... Polizisten mich bestimmt wieder auf dem Kicker. Aber wie kommen die jetzt auf Frau Nachtigall als Mordopfer, sie war doch wirklich nierenkrank? "

„Also der Kommissar sagte, sie haben mit ihrem Arzt gesprochen. Er meinte, es wäre zum Schluss schon sehr schnell gegangen, da sie sich aber nicht mehr behandeln lassen wollte, hat er keinen Verdacht geschöpft."

„Normalerweise stirbt man also nicht am Gift dieses Pilzes?"

„Also er ist schon sehr toxisch. Das blöde ist, die Latenz kann mehrere Tage bis zu zwei Wochen betragen, da denkt schon niemand mehr daran, dass es eine Pilzvergiftung sein könnte. Wenn man allerdings früh genug behandelt wird, kann man meist ein Nierenversagen abwenden, mit einer Dialyse zum Beispiel. Genau kenn ich mich mit der Behandlung nicht aus. Da bei Ute aber die Nieren schon extrem geschädigt waren, war die Vergiftung wohl tödlich und kein krankheitsbedingtes Sterben. Außerdem haben sie mich gefragt, ob ich mich im Allgemeinen mit Pflanzen und Giftpflanzen im Besondern auskenne.

„Okay, das ist ja schlimm. Aber wer hätte einen Grund, die Ute umzubringen? Noch dazu, weil ja klar war, dass sie nicht mehr lange zu leben hat. Und im Bezug auf die Pflanzen, kennst du dich mit den Pflanzengiften aus?"

„Ja natürlich, ich gebe auch Wildkräuterführungen. Ich wollte Ute jedenfalls nicht umbringen, warum auch. Mir wurde trotzdem gesagt, dass ich mich zur Verfügung halten soll. Die verdächtigen mich, das ist ein blödes Gefühl, auch wenn ich mir nichts zu Schulden kommen lassen habe. Auf euch kommen die beiden garantiert auch nochmal zu. Sie wollten die Namen und Anschriften aller Leute aus meinem Pilz-Kurs."

„Das hab ich mir schon gedacht. Das kann ja heiter werden, jetzt sind wir schon wieder in Mordermittlungen verstrickt."

Wir verabschieden uns voneinander. Währenddessen hab ich auch Rückmeldungen von meinen Freundinnen bekommen. Alle sind total geschockt. Ich erzähle ihnen den Inhalt meines Gespräches mit Torsten.

Frieda: Wieso sind wir eigentlich immer irgendwie mit Mordopfern bekannt? Das geht doch nicht mit rechten Dingen zu. Bei knapp 20.000 Einwohnern in Rhede kennen wir immer die die abgemurkst werden. Oh sorry, das war jetzt unsensibel. Aber stimmt doch.

Marianne: Ja, ich bekomme schon wieder Beklemmungen. Ich mache mir erstmal einen Kraft-Tee, der hilft mir wirklich. Ich fühle mich gestärkt und beruhigt, nach einer Tasse.

Irmgard: Jetzt stellt euch doch mal nicht so mädchenhaft an. Wir haben schließlich keine von beiden umgebracht, oder? Wir helfen einfach wieder unauffällig ein bisschen bei den Ermittlungen, dann fasst die Polizei den oder die Mörder schon.

Gudula: Unauffällig – ist klar. Die passen bestimmt dieses Mal noch mehr auf uns auf. Die haben uns doch vorgewarnt, wir sollen uns nicht wieder einmischen.

Ich: Marianne, seit wann hast du denn so einen Kraft-Tee, du warst doch total gegen das Esoterik-Zeug?

Marianne: Die zwei waren so nett, da bin ich doch nochmal in den Laden und hab mich beraten lassen. Ich kam mir etwas blöd vor, deshalb hab ich es euch nicht erzählt.

Ich: Tja, es gibt vielleicht doch mehr zwischen Himmel und Erde. So richtig mischen wir uns bei den Ermittlungen ja auch nicht ein, wir ähm, wir unterhalten uns nur ein bisschen. Wir sind halt Frauen, die sind ja schon mal neugierig. Ich mach eine Liste mit den Verdächtigen. Kommt doch heute Abend bei mir vorbei, ich mach Essen und wir besprechen alles weitere.

***

Kapitel 15 – immer noch Montag, 11. Oktober 2021

Ich muss mich jetzt erstmal ausgehfertig machen. Maria will mit mir ihre Hündin abholen. Bambina war schon im Garten pullern, Rudolf ist nicht mehr ganz so *agro* (sagt man jetzt so auf Neu-Deutsch) drauf. Er hat mich heute noch nicht einmal versucht zu kratzen – immerhin. Also Futter geben, Katzenklo wechseln und schon klingelt es an der Tür.

Maria holt mich ab und ist total aufgekratzt, „Ich bin so aufgeregt, du glaubst es nicht."

„Doch, das kann ich gut verstehen. Ich freu mich so für dich. Also lass uns losfahren."

Wir setzen uns ins Auto, Bambina sitzt im Fußraum. Maria fährt los und berichtet, dass sie heute morgen auch von Steffi Nachtigall über den Anruf der Polizei informiert wurde. Es fällt mir echt schwer, meine Klappe zu halten. Aber versprochen ist versprochen, also tu ich so, als wüsste ich nichts.

Die nette Frau vom Tierheim hat schon alles vorbereitet. Ich warte mit Bambina auf einer Bank, während Maria mit ihr den Schriftkram erledigt. Dann bringt ein anderer Mitarbeiter Renate an der Leine. Meine Freundin fängt fast an zu heulen, so bewegt ist sie. Wir gehen zum Auto, sie hat sich noch eine Transportbox besorgt und ab geht's nach Rhede. Ich verabschiede mich dann recht schnell, eh ich mich doch noch verquatsche.

„Soll ich dich nicht nach Hause fahren?", fragt Maria.

„Ne, lass mal. Ich muss noch wohin, hab einen Termin, da mach ich gleich meinen Spaziergang mit Bambina draus. Lass Renate erstmal in ihrem neuen Zuhause ankommen.

„Okay, das machen wir, wollen wir morgen Nachmittag zusammen Gassi gehen?"

„Ich sag dir Bescheid. Eigentlich gern, aber ich muss erstmal schauen. Vielleicht muss ich auf Emma aufpassen."

Es fällt mir wirklich nicht leicht, ihr nicht die ganze Wahrheit zu sagen. Aber mir ist etwas eingefallen. Ich muss gleich mal zur *Seelenpforte* gehen.

Bambina schnüffelt schon aufgeregt an der Ladentür, es bimmelt, als wir eintreten und schon kommt Meduna angeschwebt.

„Liebe Inge, schön das du wieder mal vorbeikommst. Wie kann ich dir helfen?"

„Hallo Meduna. Ich hätte gern so eine Salbe, wie du sie Frieda gemacht hast. Ich hab in letzter Zeit Last mit den Beinen und bei ihr hat sie super geholfen."

„Das ist schön, ich hab noch welche da. Hab ich heute morgen frisch angerührt. Moment, ich hole sie."

Es dauert ein paar Minuten, Bambina erschnüffelt inzwischen den ganzen Laden, dann kommt sie mit einem braunen Glas zurück. Ähnlich wie bei Marmeladengläsern ist es überm Deckel noch mit einem Stoffdeckchen bedeckt und mit einer Hanfschnur verknotet. „Hast du schon das Neueste gehört?" frag ich vorsichtig.

„Nein, was denn?"

„Die Frau Nachtigall ist gar nicht nur an ihrem Nierenleiden verstorben. Sie wurde ermordet!"

„Das gibt es ja nicht, wer tut denn sowas? Und wieso wird das erst jetzt bemerkt?"

Ich erzähl ihr die Hintergründe und nenne auch den Pilz bzw. das Gift. Meduna, die bisher gestanden hat, ist weiß wie eine Wand geworden und muss sich setzen. Sie zittert am ganzen Körper wie Espenlaub.

Ich muss schon sagen, dass überrascht mich jetzt doch ein bisschen. Empathie hin oder her, aber eigentlich hat sie sie doch kaum gekannt... oder?

Sie schüttet uns ein Glas Citrin-Wasser ein und braucht noch ein paar Sekunden um sich zu beruhigen, dann ist sie wieder fast die Alte.

„Entschuldige Inge, mir war gerade nicht gut, habe heute Kreislaufprobleme. Kann ich dir noch mit etwas behilflich sein?"

„Nein, die Salbe reicht mir im Moment, danke. Bis bald."

Ich verlasse den Laden mit Bambina, die gern noch weiter das unbekannte Terrain erkundet hätte und laufe nach Hause. Ich koche schon einmal für heute Abend einen ganzen Sack Kartoffeln, ich möchte den Mädels ein anderes erzgebirgisches Rezept servieren. Es wird Quarkkeulchen mit selbstgemachtem Apfelmus geben.

Doch da kommt mir wieder die Türklingel dazwischen. Ihr könnt euch wahrscheinlich denken, wer an der Tür steht.

Richtig geraten, Herr Wohlberg und die Frau Hülskamp von der Polizei beehren mich schon wieder. Vielleicht sollte ich so langsam für sie mitkochen. Naja, wat mutt, dat mutt, sagt man hier ja so schön.

„Wir waren heute Vormittag schon zweimal bei Ihnen.", beginnt der H. Hauptkommissar in seiner netten Art.

„Ich war mit einer Freundin unterwegs, möchten Sie erst einmal ein Wasser oder einen Kaffee?", frage ich nach.

Die beiden nehmen ein Wasser und wir setzen uns an den Wohnzimmertisch, grimmig von Rudolf beäugt. Bambina wittert Streicheleinheiten, die sie auch prompt von Frau Hülskamp bekommt.

„Sie wissen garantiert schon durch den Rheder Buschfunk, warum wir schon wieder zu Ihnen kommen. Bei Ihren Handarbeitsdamen haben wir heute Morgen schon vorbei geschaut."

Ich gucke auf mein Handy, tatsächlich habe ich 12 Whatsapp-Nachrichten. „ Äh, ja, ich kann es mir denken. Die Ute Nachtigall wurde ermordet, nicht wahr?"

„Ja, der Verdacht liegt nahe. Da Frau Nachtigall eingeäschert wurde, können wir es nicht hundert-prozentig sagen, aber es wurden Ungereimtheiten im Zusammenhang mit ihrem Tod festgestellt. Wie gut kannten Sie Frau Nachtigall?"

Ich erzähle den Polizisten alles, es ist ja nicht wirklich viel.

Frau Hülskamp bemerkt zum Abschluss noch, dass sich in Rhede anscheinend jeder irgendwie kennt und das wir erreichbar bleiben sollen.

Darauf einen Anis und die Nachrichten checken. Jede meiner Freundinnen hat der Polizei so ungefähr das Gleiche erzählt. Also keine Neuigkeiten, aber die komische Art von Meduna-Sabine macht mich echt nachdenklich, irgendwas stimmt da nicht. Ich nehme mir nochmal meine Verdächtigen-Liste vor und vervollständige sie:

Mögliche Mörder/-in	Gründe:
Meduna Xana	Regina Sauer wollte ihr das Geschäft kaputt machen hat das Wissen
Susi Fee	Ihre Freundin verteidigen Wissen???
Torsten Wollberg	??? hat aber das Wissen

Also Torsten als Mörder – das kann ich mir beim besten Willen nicht vorstellen. Aber man hat schon Pferde vor der Apotheke ko... äh brechen sehen.

+++

Also das die Polizei jetzt schon weiß, dass die blöde Nachtigall ermordet wurde, hatte ich so nicht geplant. Da habe ich nach dem Mörsern des Pilzgiftes wohl nicht sauber genug gearbeitet. Naja, lässt sich nicht ändern. Das nächste Mal muss ich da besser drauf achten.

+++

Es ist um sechs, der Tisch ist gedeckt. Bambina war Gassi. Rudolf darf ins Schlafzimmer und ich hab nur einen frischen Kratzer am Arm. Das Essen ist fertig und meine Freundinnen sind im Anmarsch.

Meine Quarkkeulchen werden bis auf den letzten Rest vertilgt und nebenbei ermitteln wir ein bisschen. Ich habe den Vieren auch von meinem Besuch bei Meduna-Sabine berichtet.

„Ich habe da eine Idee", lässt sich Irmgard vernehmen. „Wie wäre es, wenn wir einen Kurztrip nach Frankenthal unternehmen? Da muss doch was über unsere

Esoterikerin und ihre Partnerin rauszufinden sein. Ich hab zufällig eine Cousine in der Nähe wohnen. Sie hat einen Friseursalon in Frankenthal, wenn sie nichts weiß, weiß niemand was. Außerdem hat sie ein großes Haus, da könnten wir bestimmt einmal übernachten. Wir haben uns schon ewig nicht mehr gesehen."

„Aber wir sollen uns doch zur Verfügung halten, hat die Polizei gesagt", meldet sich Marianne zu Wort.

„Wir rufen bei dem Kommissar an und fragen nach. Wir können ja auch die Adresse angeben. Vielleicht finden wir einen guten Grund hinzufahren, Irmgard?"

„Meine Cousine hatte vor zwei Wochen Geburtstag."

„Das hört sich doch gut an. Wie weit ist das denn?" frag ich nach.

„Rund 350 km, in knapp 4 Stunden sind wir da. Ich würde auch fahren", sagt Irmgard.

„Ich hätte von Mittwoch auf Donnerstag Zeit", sagt Gudula, nach einem Blick in Ihren Handy-Kalender.

„Ich hab da auch Zeit, aber nur wenn es uns die Polizei erlaubt", ganz klar, dass Marianne wieder Schiss hat.

„Ich auch, dann ruf ich den Wohlbeck an und bitte um Erlaubnis", verkünde ich.

Danach frage ich meine Cousine", kommt von Irmgard. „und gebe euch dann Bescheid.

„Okay, das ist die eine Spur, aber was ist mit Torsten?", teile ich meine Gedanken.

„Ich kann mir beim besten Willen nicht vorstellen, dass er der Mörder ist. Aber er weiß soviel über Pflanzen und Pilze, dass macht ihn schon verdächtig", meint Gudula.

„Bei ihm haben wir das Wissen, aber kein Motiv bei beiden Morden", sagt Frieda. „Bei Meduna oder Susi hätten wir nur das Motiv für den Mord an der Sauer."

„Ja, da müssen wir noch weiter graben. Aber für heute reicht's", kommt von Marianne. Wir trinken noch ein Verdauer-Schnäpschen, einen *Griebittren,* und dann verabschieden sich alle.

***

Kapitel 16 – Dienstag, 12. Oktober 2021

Wieder keine Kratzer nach dem Aufstehen, ich glaube, Rudolf schließt mich langsam ins Herz. Er lag heute Morgen neben meinem Kopf am Rand des Kissens – ich werde es einfach ignorieren. Um des lieben Friedens willen.

Als erstes nach dem Frühstück rufe ich bei der Polizei an. Die haben uns tatsächlich einen Strich durch die schöne Rechnung gemacht.

„Frau Schneider", sagt Herr Wohlbeck streng, „Sie wissen doch ganz genau was ich zu Ihnen gesagt habe, oder?"

„Najaaa, wir dürfen uns nicht einmischen und irgendwas von zur Verfügung halten."

„Und was war daran unverständlich für Sie?"

Ich tu mein Bestes. „Ja, das ist schon klar, aber wir könnten Ihnen ja die Anschrift geben. Wir wollen ja nicht nach Timbuktu. Frankenthal ist ja praktisch um die Ecke…"

„Sie bleiben schön in Rhede. Alle zusammen. Sie sind doch garantiert wieder am Kriminalisieren. Schon ein komischer Zufall, dass ausgerechnet jetzt eine Verwandte Ihrer Freundin Geburtstag hat und ausgerechnet da wo eine Mordverdächtige wohnte."

„Ähm, dos is aber schu woar. Also, das ist wirklich wahr", jetzt komm ich doch ins Schlingern."

„Sie bleiben hier! Schluss und Aus. Auf Wiedersehen!"

Und zack ist er weg. So ein Mist!

Ich teile es den anderen sofort mit. Ein allgemeines Aufstöhnen. Aber da kann frau nichts machen. Irmgard will dann eben ihre Cousine anrufen und uns alles Wichtige mitteilen.

Eine Stunde später kommt eine lange Sprachnachricht von ihr:

Also ich hab einige Neuigkeiten erfahren, die uns echt weiterbringen. Mit dem Namen Meduna Xana konnte sie gar nichts anfangen, als ich dann ihren richtigen Namen erwähnte, wusste sie Bescheid. Die Sabine Müller hatte ihren Laden direkt gegenüber ihres Friseursalons in der Wormser Straße. Er hieß Körper und Bewusstsein. Lief auch ganz gut. Ihre hübsche Freundin hatte sie erst kurz bevor sie weggezogen ist. Aber sie meinte, da hätte es noch jemanden anderes gegeben. Wenn sie nicht alles täuscht, war die aus Rhede. Hieß wie irgendein Vogel, Star, Meise... Als ich dann Nachtigall sagte, fiel es ihr wieder ein. Auch das sie nicht wirklich gesund ausgesehen hat. Sie war wohl länger in Frankenthal und Umgebung im Urlaub. Das wusste meine Cousine nicht genau. Ute ist aber bei Sabine aus- und eingegangen. Sie waren ziemlich schnell ein Paar und plötzlich war sie weg. Sabine hat sich anscheinend die Augen aus dem Kopf geheult. War dann eine ganze Zeit allein bis sie die Susi kennengelernt hat. So circa ein Jahr später kam sie dann zu Melanie, meiner Cousine, in den Salon und verabschiedete sich. Aber das sie nach Rhede gezogen ist, war ihr neu."

Mir bleibt bei dieser Nachricht echt der Mund offen. Den anderen anscheinend auch. Es dauert ein bisschen, bis die Antworten eintröpfeln. Wir stellen fest, dass damit Meduna Xana eindeutig ein Mordmotiv hat. Eines der ältesten überhaupt. Rache für verschmähte Liebe. Aber wir sind auch ziemlich baff, das Ute Nachtigall an Frauen interessiert war. Ob das ihre Tochter weiß? Wir kommen überein, ihr erstmal nichts von unseren Erkenntnissen mitzuteilen.

Heute Nachmittag treffe ich mich dann doch mit Maria und unseren Hunden zum Spaziergang in Pastors Busch. Die zwei Vierbeiner freuen sich total, von der Leine nehmen wir sie hier aber lieber nicht. Da kommt mir eine Idee.

„Sag mal Maria, du hast doch die Nachtigalls ab und an besucht, kann es sein, dass sie auf Frauen gestanden hat?"

„Wie kommst du denn darauf? Keine Ahnung, kann ich nichts zu sagen."

„Ach nur so, hat mich halt interessiert."

Maria guckt mich ganz komisch an. „Ihr ermittelt doch nicht etwa?"

„Nein, wie kommst du denn darauf? Ich bin halt neugierig."

Huch, da hab ich gerade noch die Kurve bekommen. Ich lenke unauffällig ab. Hundemenschen haben ja immer was zu bequatschen.

Immer wenn ich in Pastors Busch und im Bürgerpark spazieren gehe, versuche ich nicht am Nabu-Häuschen vorbeizukommen. Wer von unserer Mordermittlung im vorigen Jahr weiß, kann sich jetzt denken warum. Heute hat mich Maria irgendwie dahin gelenkt, ich hab auch nicht großartig drüber nachgedacht. Plötzlich kommen wir direkt an dem kleinen Haus vorbei. Mir fangen die Beine an zu zittern und mir wird ganz schwummerig, der Schweiß bricht mir aus. Ich bleibe stehen und muss mich erstmal beruhigen.

„Was hast du Inge, sollen wir uns kurz setzen?", fragt mich Maria und fasst mich am Arm. Bambina springt an mir hoch, schnuppert und fängt an zu winseln. Regina steht da und guckt mich schief an.

Ich atme mehrmals tief durch und komme so langsam wieder zu mir.

„Ach weißt du, voriges Jahr bin ich ja zusammen mit Gudula von dem Mörderpärchen bewusstlos gespritzt und dann in diesem Häuschen eingesperrt worden. Immer wenn ich hier vorbeikomme, fällt mir das wieder ein. Da hab ich noch dran zu knacken.“

„Oh Inge, warum hast du nichts gesagt? Da wären wir wo anders lang gegangen.“

„Ich war gerade so in Gedanken, ist mir zu spät aufgefallen.“

„Das tut mir jetzt aber leid. Geht's wieder?“

Ich sag ihr, dass alles wieder gut ist und wir gehen unsere Runde zu Ende.

Als ich wieder zu Hause bin, bearbeite ich meine Liste:

Mögliche Mörder/-in	Gründe:
Meduna Xana	*Regina Sauer:* wollte ihr das Geschäft kaputt machen
	UteNachtigall:
	verschmähte Liebe
	Wissen für beide Morde
Susi Fee	*Regina Sauer:* Ihre Freundin verteidigen
	Ute Nachtigall: Eifersucht
	Wissen???
Torsten Wollberg	??? hat aber das Wissen

Unser Pärchen hat wirklich die besten Motive. Torsten hat das totale Pflanzen- und Pilzgiftwissen, aber welches Motiv könnte er haben?

Da müssen wir nochmal nachhaken.

***

Kapitel 17 – Mittwoch, 13. Oktober 2021

Heute Morgen werde ich von einer Katzenzunge geweckt, die mir die Nase abschlabbert. Bähh, das muss nun wirklich nicht sein. Bambi steht vor dem Bett und guckt mich ganz hungrig an. Ich schau aufs Handy und abgesehen von 6 Nachrichten, stelle ich auch fest, dass es schon um Neune durch ist. Huch, na sowas… Ich springe aus dem Bett (jedenfalls für meine Verhältnisse), was ich auch sofort bereue, so gelambrich bin ich nicht mehr. Ich muss mich gleich wieder setzen, da es mir in den Rücken geschossen ist, ihr kennt das bestimmt.

Krumm wie ein Sangbiegel (für alle Nicht-Erzgebirgler = Sägenbügel) geh ich unter lautem Jammern ins Bad, dort stell ich fest, dass meine Schmerzsalbe fast leer ist, also nur ein Tablettchen und eine vorsichtige Morgenhygiene. Dann die Tiere versorgt und bei meinem Frühstück schau ich mir die Nachrichten auf dem Handy an.

Meine Damen haben sich überlegt, dass wir heute Meduna-Sabine verhören wollen. Ich sage zu und wir verabreden uns für 10.00 Uhr an der Gudula-Kirche, zur Lagebesprechung. Das passt ja, da kann ich mir von ihr gleich nochmal die Schmerzsalbe mischen lassen.

Mit der Tablette intus, schleppe ich mich mit Bambina aus dem Haus. Ich würde ja mit dem Auto fahren, aber Bambi muss ja Pipi, da muss ich jetzt durch. Als ich vor der Ehrfurcht einflößenden Kirche ankomme, warten die Mädels schon auf mich.

„Ingeborg, was hast du denn gemacht, hast du Schmerzen?" begrüßt mich Irmgard. Ich berichte von meinem Morgensport und jede hat ebenfalls eine Krankengeschichte zum Besten zu geben, früher hab ich mich immer über diese Leutchen aufgeregt. Ich erzähle noch von meinem Spaziergang mit Maria gestern und das mir fast schlecht geworden ist, als wir beim Nabu-Gartenhaus vorbeigingen.

Gudula guckt verdutzt. „Ich hab das letztens noch Maria erzählt. Die hat aber ein schlechtes Gedächtnis."

„Echt?" hake ich nach, „sie war ganz überrascht und besorgt um mich."

„Ach, die war die ganze Zeit so auf ihren baldigen Familienzuwachs fixiert, sie hat dir garantiert gar nicht richtig zugehört, Gudula", sagt Frieda.

„Ja, dass stimmt", fügt Marianne hinzu, „es ging nur noch um Renate hier, Renate da. Sie würde ihren Kopf vergessen, wenn er nicht angewachsen wäre. "

Wir kommen überein, Meduna-Sabine knallhart auf ihre Vergangenheit mit Ute anzusprechen, da kennen wir gar nichts, wir sind ja schon fast Verhörprofis!

Bing-Bing macht die Türglocke wie immer. Meduna kommt sofort hinter ihrem Vorhang hervor und begrüßt uns überschwänglich. Bambina ist total verliebt in sie, springt hoch und eskaliert förmlich, als sie von ihr gestreichelt wird. So eine Frau kann doch keine Mörderin sein, das würde mein Hund ganz sicher bemerken.

Ich will mich ebenfalls zu Bambi bücken und bekomme sofort die Quittung in Form eines stechenden Schmerzes. „Aaahh", entfährt es mir und ich fass mir ins Kreuz.

„Oh, Inge, hast du Schmerzen? Ich hab da eine Salbe mit Arnika und dazu einen Weidenrindentee. Da ist Salicin drin, der wird im Körper zu Salicylsäure umgewan…"

Irmgard unterbricht sie, die linke Augenbraue hochgezogen, „So ist es, dieser Stoff ist der Wirkstoff in vielen Schmerzmitteln."

Meduna nimmt wieder ihren Ich-hab-auch-dich-lieb-Ton an. „Ja genau, Irmgard. Das wollte ich sagen."

Von Irmgard kommt ein „Hmpf." Das klingt jetzt wieder ganz nach Fräulein Rottenmeier.

„Kann ich euch sonst noch weiterhelfen?" fragt Meduna.

„Ja, also" beginnt Gudula und wird durch die Türklingel unterbrochen.

Herein kommen zwei Frauen um die Dreißig. Meduna entschuldigt sich kurz bei uns. Die Damen wollen ihre Kraft-Tees abholen. Die beiden hatten noch etwas anderes zu erledigen, währenddessen hat Meduna alles zusammengemixt. Sie zahlen und Meduna kommt wieder zu uns.

„So, was möchtet ihr noch, irgendetwas habt ihr doch auf der Seele?"

„Ja, also", beginnt Irmgard jetzt „Ich hab eine Cousine in Frankenthal. Da hattest du doch deinen vorigen Laden, oder?"

„Ja", sagt Meduna-Sabine und guckt etwas, naja – lauernd.

„Meine Cousine besitzt den Friseursalon *Haar-Scharf.*"

„Ach, die Melanie. Ja, und was ist mit ihr?"

Ich bin etwas am Drucksen. „Also die Melanie hat uns erzählt, dass du Ute Nachtigall schon kanntest. Sehr gut kanntest…"

Jetzt bekommt Meduna-Sabine einen roten Kopf und knetet ihre Hände wie verrückt. Die Tränen stehen ihr in den Augen. „Ich hab Ute geliebt. Ich hab mir ein Leben mit ihr ausgemalt und dann war sie von heute auf morgen weg. Hat mir nur einen läppischen Abschiedsbrief zurückgelassen. Von wegen, ich kann mich nicht outen, das ist zu viel für mich. Bla, bla, bla…

„Wusstest Du, dass sie todkrank war?" fragt Marianne und tätschelt ihr die Hand.

„Ja, das konnte sie schon damals nicht verheimlichen. Aber es hätte mir nichts ausgemacht, ich hätte mich um sie gekümmert." Sie legt ihren Kopf in die Hände und fängt jetzt hemmungslos an zu schluchzen. Dazwischen bringt sie heraus, „Ich habe sie dann nicht weiter belästigt, das wollte sie nicht. Als ich später meine Susi kennengelernt habe, bin ich über Ute weggekommen."

„Aber warum kommt ihr dann ausgerechnet mit dem Geschäft nach Rhede?" fährt Frieda fort.

Meduna-Sabine hört auf zu schluchzen, putzt sich lautstark die Nase, trocknet ihre Augen und erzählt uns wieder die Geschichte mit der Pendelei. „Ich dachte dann, wenn mich das Pendel hierher schickt, muss die Vorsehung wohl einen Plan haben. Ich könnte Ute nie etwas antun!"

Irmgard merkt an, „Ich habe mal von einer Psychologin gehört, dass man wohl unbewusst das Pendel lenkt. Es kommt also meist das Ergebnis, dass man sich im Inneren wünscht."

„Ich glaube an die Vorsehung, ich wurde hierher gerufen! Ihr wart doch an meinem Eröffnungstag hier, danach kam Ute mit ihrer Tochter. Sie wusste ja gar nicht, dass ich Meduna bin. Da ihre Tochter dabei war, haben wir in unausgesprochenem Einverständnis getan, als würden wir uns nicht kennen. Später an diesem Tag hat sie mich angerufen und wir haben uns verabredet. Dann sprachen wir uns endlich aus. Wir sind im Frieden auseinander gegangen. Sie hat mir sogar alles Gute für meine Beziehung mit Susi gewünscht", sagt sie fast trotzig.

„Wir glauben dir, liebe Sabine. Habt ihr euch denn noch einmal gesehen?", muss ich jetzt doch noch nachhaken.

Sie beginnt wieder ihre Hände zu kneten, „Hmm, ja noch einmal…"

„Ja, und?" fragt Irmgard und macht wieder das Ding mit ihrer Augenbraue.

„Also, das klingt jetzt nicht gut. Aber Ihr müsst mir glauben. Ich hab es auch der Polizei verschwiegen, weil ich nichts getan habe und die hatten mich ja sowieso schon auf ihrer Liste ganz oben. Meine Aura ist weiß, wie frisch gefallener Schnee, das könnt ihr mir glauben…", sagt Meduna ohne Punkt und Komma.

„Nun sag schon, so schlimm wird's ja wohl nicht sein", meldet sich Gudula zu Wort.

„Ute hat mir von ihren Schmerzen erzählt und das sie ihr jetziges Leben satt hat. Sie hat mich gebeten, ihr zu helfen es zu beenden."

Das sitzt!

Niemand sagt ein Wort, wir sitzen alle wie versteinert am Tisch. Bis unerwarteterweise Marianne das Schweigen bricht.

„Ich kann mir gut vorstellen, das Ute die Schnauze voll hatte, entschuldigt meine Wortwahl. Wenn man nur noch leidet, ist das doch kein lebenswertes Leben mehr. Ich, und ich denke alle anderen von uns auch, glauben dir. Wir behalten das für uns. Du kannst dich auf uns verlassen.

Oookay, wenn Marianne das so sagt.

Ich stehe auf, die Mädels folgen meinem Beispiel und drücke sie. Alle, selbst Irmgard umarmen Meduna-Sabine.

Wir verabschieden uns und verlassen ziemlich aufgewühlt den Laden. Alles was Meduna uns gesagt hat, klingt logisch. Vielleicht war es doch Susi, aus Angst um ihre Beziehung. Und dann hat sie noch Regina um die Ecke gebracht hat, um das Geschäft ihrer Liebsten zu schützen.

Darauf brauchen wir einen Kaffee und vielleicht auch was Stärkeres. Dieses Mal gehen wir zu Gudula nach Hause, was wir zu besprechen haben, sollte dann doch unter uns bleiben.

Gudula wirft ihren Vollautomaten an und holt eine Flasche selbstgemachten Eierlikör aus dem Kühlschrank, für Bambina fällt sogar noch ein Leckerli ab. Der Likör ist göttlich, leider hat sie uns bisher das Rezept nicht verraten, wenn ich es bekomme, gebe ich es euch weiter, versprochen.

Den ganzen Weg zu Gudula waren wir alle in Gedanken. Jetzt zusammen am Tisch, teilen wir sie miteinander. Wir sind uns einig, dass wir Meduna-Sabine glauben. Der nächste Gedankengang, wenn Ute Sterbehilfe wollte, wo könnte sie noch hingegangen sein?

Da fällt uns ihr Schulkollege Torsten Wollberg ein. Er war mit ihr befreundet und er kennt sich wahrscheinlich ähnlich gut mit Pflanzen und ihren Giften aus, wie Meduna. Wir sind uns einig, dass wir ihm einen Besuch abstatten müssen.

Gudula ruft ihn sofort an, er ist ziemlich aufgewühlt. Sie versucht ihn zu beruhigen. Was ist da wohl passiert? Sie fragt ihn, ob wir in einer halben Stunde vorbeikommen können. Anscheinend sagt er zu und sie legt auf.

„Ihr glaubt es nicht, die Polizei war gerade bei Torsten und hat eine Hausdurchsuchung oder besser Bauwagendurchsuchung gemacht. Torsten war völlig fertig. Sie haben alle seine getrockneten Pflanzen beschlagnahmt und er ist gerade beim Aufräumen. Wir können aber gern dann vorbeikommen."

Wir trinken auf und Gudula chauffiert uns alle mit ihrem Wagen zu Torsten Wollberg.

Er sitzt am Gartentisch und sieht gar nicht gut aus.

„Hallo, kann ich euch ein Glas selbstgemachten Apfelsaft anbieten?", fragt er als erstes.

Wir nehmen dankend an und setzen uns zu ihm an den Tisch. Er ist weiß wie ein Laken und zittert, fast hätte er die Saftflasche umgeschmissen. Ich fühle mich gar nicht wohl, ihn in seinem Zustand auszuquetschen.

„Ihr seid doch bestimmt hier, weil ihr doch wieder ermittelt, oder? Obwohl es euch von der Kriminalpolizei verboten wurde. Was wollt ihr wissen? Es ist schon okay."

Gudula ergreift die Initiative, „Weißt du, wir waren vorhin in der *Seelenpforte* und Meduna Xana hat uns erzählt, dass sie Ute schon länger kannte. Das muss jetzt unter uns bleiben, Torsten, aber Ute hat Meduna gebeten, ihr

Sterbehilfe zu leisten. Meduna hat abgelehnt, da haben wir uns überlegt..."

„Ich kann mir schon denken, was du sagen willst, Gudula. Aber dann muss auch unter uns bleiben, was ich euch sage. Ute hat mich ebenfalls darum gebeten und auch ich habe abgelehnt, obwohl ich sie sehr gut verstehen konnte. Aber dazu konnte ich mich nicht durchringen. Ich hoffe, ihr glaubt mir."

„Und welcher Art war deine Beziehung zu Regina Sauer?", fährt Irmgard ungerührt mit der Befragung fort.

„Beziehung? Welche Beziehung? Ich fand Regina extrem nervig, sie stand ein paar Mal bei mir auf der Wiese und motzte mich an. Ich würde doch bestimmt mit meinen Kräutern auch irgendwelche komischen Tränke brauen. Und ich soll mich reinwaschen, von meinem bösen Tun. Sie wollte mich in ihre komische Sekte mitnehmen, damit ich meine Sünden bekennen könnte und wieder auf den richtigen Weg käme, lauter so einen Käse."

Torsten redet sich richtig an Rage: „Und trotzdem habe ich Regina nicht um die Ecke gebracht. Und Ute schon mal gar nicht."

Jetzt ist er mit seinen Nerven am Ende. Er sitzt völlig ausgelaugt auf seinem Stuhl, guckt ins Leere. Er tut mir richtig leid. Ich kann mir nicht vorstellen, dass er ein kaltblütiger Mörder ist. Uns gehen langsam die Verdächtigen aus…

Wir versuchen ihn etwas zu beruhigen und bieten ihm beim Aufräumen seines Bauwagens unsere Hilfe an. Die er aber dankend ablehnt. Er meint, die Arbeit würde ihn beruhigen. Wir versprechen ihm, dass wir der Polizei nichts von Utes Anfrage sagen und verabschieden uns von ihm.

Wir steigen wieder in Gudulas Auto, sie will uns netterweise alle nach Hause bringen. Marianne bringt es im Auto auf den Punkt, „Ich glaube nicht, dass es Torsten war. Ich meine, Susi Fee ist unsere Mörderin."

„Ja, ich glaube auch, dass es Susi ist, aber als richtige Ermittlerinnen dürfen wir uns nicht auf die pure Aussage der Verdächtigen verlassen, auch wenn sie noch so nett sind.", stellt Frieda fest.

Wir sind uns einig, dass wir unbedingt mit Susi sprechen müssen. Aber heute haben wir genug erlebt. Das müssen wir auf morgen verschieben.

***

Kapitel 18 – Donnerstag, 14. Oktober 2021

Ich war gestern noch die ganze Zeit am Überlegen, wie wir am besten an Susi Fee rankommen. Sie arbeitet ja meist im Homeoffice und wohnen tun die beiden über dem Laden.

Ach, falls ihr euch fragt, was Rudolf heute Morgen gemacht hat, ich kann euch sagen, so langsam möchte ich ihn nicht mehr abgeben. Lammfromm lag er heute morgen am Fußende meines Bettes und hat nur ganz leise gemaunzt.

Nennt mich: DIE KATZENFLÜSTERIN!!!

Aber wieder zum Thema. Als ich heute Morgen schnell Brötchen kaufen wollte, kam mir der Zufall zu Hilfe. Ich hab an der Eingangstür von *Stenneken* doch wirklich die Susi getroffen. Sie war etwas hektisch, erklärte auch gleich, dass Sabine im Bett läge, Magen-Darm, und sie sie heute im Laden vertreten würde. Die Polizei hat gestern alle möglichen Sachen beschlagnahmt. Sie kann also den Laden nur verwalten. Deshalb will sie in der *Seelenpforte* an ihrem Laptop arbeiten.

Daraufhin hab ich ihr gesagt, dass wir dringend mit ihr sprechen müssen und heute Vormittag mal rein kommen. Sie guckt etwas sparsam, fragt aber nicht weiter nach.

Nach dem Frühstück hab ich gleich meine Miss-Marples angeschrieben. Sie haben auch tatsächlich am späten Vormittag Zeit und so treffen wir uns gleich vor der *Seelenpforte*.

Bling-Bling macht die Tür und Susi schaut von ihrem Laptop auf. Das Lächeln auf ihrem makellosen Gesicht verblasst, als sie sieht, dass wir es sind. Sie begrüßt uns ziemlich reserviert: „Was kann ich für euch tun?"

Irmgard fällt gleich mit der Tür ins Haus: „Wie du vielleicht weißt, ermitteln wir im Mordfall Ute Nachtigall und Regina Sauer. Du hast für beide Morde ein schlüssiges Motiv. Was hast du uns dazu zu sagen?"

Susis Gesicht verschließt sich noch mehr. „Was heißt hier ermitteln, ihr seid nicht die Polizei, die war schon bei mir. Ich brauche euch theoretisch gar nichts zu sagen. Also kommt mir nicht auf die Tour!"

Das die Irmgard aber auch immer so herrisch sein muss! Ich versuche die Wogen zu glätten.

„Ja, du hast natürlich völlig Recht, Susi. Aber wie du weißt, kannten wir beide Frauen, vor allem die Ute. Und da sind wir halt schon drauf bedacht, dass der oder die Mörder bald gefasst werden, ehe vielleicht sogar noch jemand sterben muss. Wenn wir auf die Polizei warten... Bitte hilf uns weiter."

Von Irmgard kommt ein „Hmpf" und ihre Augenbraue fällt ihr fast oben aus den Kopf, so hoch zieht sie sie.

Marianne, Frieda und Gudula stimmen mir zu und Irmgard bekommt ein paar strafende Blicke von ihnen zugeworfen.

Susi schaut auf ihren Computer, klappt ihn dann zu und beginnt zu sprechen. Ihre Selbstsicherheit ist wie weggeblasen. „Ach, wisst ihr. Als wir nach Rhede kamen, war mir nicht klar, das Sabines alte Liebe hier wohnt. Als Ute mit ihrer Tochter hier im Geschäft war, habe ich noch gar nichts bemerkt. Sabine hat mir erst gestern alles gebeichtet. Also bin ich da schon mal raus. Aber diese doofe Frömmlerin, die hätte ich schon echt gern abgemurkst. Aber mit diesem ganzen Pflanzengift-Zeugs kenn ich mich doch gar nicht aus. Wie sollte ich das denn hinbekommen? Ich bin in der Werbung tätig, das Wissen hab ich echt nicht!"

„Also im Internet findet man heutzutage doch für alles Tipps und Tricks. Du konntest dich also jederzeit schlau machen", stellt Irmgard fest.

„Theoretisch ja, aber selbst dann hätte ich das Gift ja noch nicht besessen." Wenn Irmgard loslegt, kommt bei Susi sofort wieder das trotzige Kind raus.

Etwas vorsichtig und zittrig würft Marianne ein: „Aber da gibt es doch dieses Dark-Net, da kann man sich doch angeblich alles besorgen. Von Drogen bis zum Auftragskiller. Da gibt es bestimmt auch Gifte mit Gebrauchsanleitung."

„Das mag sein, aber im Dark-Net bin ich nun wirklich nicht unterwegs. Also echt, ihr kommt auf Ideen! Ich kann euch wirklich nicht weiterhelfen."

Irmgard macht schon wieder den Mund auf, ich fahre schnell dazwischen. „Ja, das war's eigentlich auch schon. Wir wollten dich auch nicht verletzen. Aber wie gesagt, der Mörder muss hinter Schloss und Riegel. Wir wollen nur helfen. Nimm es uns bitte nicht übel."

Irmgard hat ihren Mund zum Strich zusammengepresst und guckt beleidigt. Ich stehe auf und die anderen folgen meinem Beispiel. Wir verabschieden uns, Susi nimmt meine Umarmung etwas steif entgegen, aber die Wahrheit muss eben erkämpft werden.

Wir verlassen den Laden und gehen bis zum *Grillhaus*, da können wir gleich was essen. Bei einer Pizza besprechen wir nochmal alles. Susi ist noch nicht vollständig entlastet. Im Internet kann man sich gut über Gifte kundig machen und die Pflanzen kann sie auch aus Meduna-Sabines Lager geklaut haben, stellen wir fest. Aber wenn sie wirklich erst nach Utes Tod von der Liebesbeziehung erfuhr, hätte sie keinen Grund für diesen Mord gehabt.

Ja, wenn…

Da muss ich nachhaken, auch wenn Sabine krank ist. Ich ruf sie kurz auf ihrem Handy an.

Sie geht auch gleich ans Telefon, klingt aber etwas zittrig, „Hallo Inge, was hast du auf dem Herzen."

„Hallo Sabine, tut mir leid, dass ich dich belästige. Ich sitze gerade mit den Mädels zusammen, ich stell dich mal auf laut. Wir haben da eine kleine Frage."

„Ist schon okay, was willst du wissen?"

„Du hast ja gesagt, dass du Susi erst nach Utes Tod von Eurer Liebesbeziehung erzählt hast. Bist du sicher, dass sie das nicht schon vorher wusste?"

Vom anderen Ende kommt kein Ton.

„Hallo Sabine, bist du noch dran?", frag ich verunsichert.

„Ja, ja ich bin noch dran", druckst sie rum. „Also ganz ehrlich, ich bin mir nicht sicher. Als ich mit Ute telefoniert habe, hatte ich das Gefühl als wäre die Wohnungstür auf- und wieder zugegangen. Aber als ich dann nachgeschaut habe, war niemand da. Und ehe ihr fragt, Susi könnte keiner Fliege was zuleide tun. Ich vertraue Ihr total, wir haben uns auch gegenseitig als Alleinerben eingesetzt, falls uns was passiert. Sowas macht man nur, wenn man sich total vertraut. Ich würde meine Hand für sie ins Feuer legen."

Na, hoffentlich verbrennt sie sich da nicht…

Wir quatschen noch ein bisschen und verabschieden uns dann. Heute Abend ist ja auch noch Handarbeitsgruppe.

Da sehen wir uns ja schon wieder, können aber natürlich nicht über unsere Ermittlungen sprechen.

Als ich zur Haustür reinkomme, meine ich erst aufgeregtes Tapsen zu hören und dann ist es plötzlich still. Komisch, normalerweise kommt Bambina gleich schwanzwedelnd angerannt.

Ich ziehe mir Jacke und Schuhe aus und rufe nach den beiden Rabauken. Kein Ton...

Ich geh ins Wohnzimmer und erstarre, auf der Couch liegen mehrere Wollknäuel, abgerissene Wollfäden, mein Sockenpaar, das ich gerade stricke, liegt zerfleddert und angebissen dazwischen. Eine Stricknadel hat das Sofa erstochen und von meiner Schere ist der Plastikgriff abgeknabbert worden, die rosa Späne liegen vor dem Sofa.

Mein Blick fällt zum Hundekörbchen, dort liegen mit ganz unschuldigen Blicken Rudolf und Bambina aneinander-gekuschelt, dass kein Heiligenschein über ihnen schwebt ist alles.

„Dos koa doch wuhl net wohr sei, ihr Schlawiner!"

Ich muss mich erstmal setzen, Bambina traut sich winselnd aus dem Körbchen und legt sich mir zu Füßen. Rudolf guckt mich lieber aus sicherer Entfernung an. Ich kann natürlich nicht wiederstehen, und streichel meinen Hund.

Bringt ja alles nichts, die Kriegstrümmer wegräumen und fürs nächste Mal nichts rumliegen lassen, wenn die große Langeweile aufkommt. Das Loch im Sofabezug sieht man schon gar nicht mehr sooo sehr. Also die beiden hatten auf jeden Fall einen interessanten Tag.

Das Handarbeitstreffen ist lustig wie immer, bis auf die Tatsache, dass Maria uns mitteilt, sie habe sich von ihrem Freund getrennt.

Sie verspricht uns aber trotzdem in Rhede zu bleiben, ihr würde es hier sehr gut gefallen. Maria sagt, sie hat sich hier ja schon eingelebt und es gäbe ja auch andere nette Männer hier.

Ahaaa, ob sie wohl schon jemanden im Auge hat?

***

Kapitel 19 – Freitag, 15. Oktober 2021

Heute Morgen lasse ich es ganz entspannt angehen. Keine unangenehmen Tiervorkommnisse bis jetzt. Ich und die Fellmonster frühstücken in Ruhe und dann will ich eine große Runde mit Bambina im Prinzenbusch laufen.

Als ich auf mein Handy schaue, ist eine Nachricht von Torsten drauf. Er schreibt:

Habe gerade von der Polizei meine beschlagnahmten Kräuter zurückbekommen. Ich soll allerdings in Rhede bleiben. Ich schätze, das ist ein gutes Zeichen.

Ja, das glaube ich auch. Aber aus dem Schneider ist er damit noch nicht. Er kann ja alle Spuren entfernt haben. Ich laufe so in Gedanken durch den Wald, nebenbei schau ich nach Pilzen, als ich Stimmen höre...

Ich bin gerade hinter einer Baumgruppe etwas versteckt. Da sehe ich Susi Fee mit einem Mann zwischen den Bäumen entlang gehen. Ich kann sie leider nicht richtig verstehen, aber sie sehen vertraut aus. Er ist groß und schlank, hat blondes Haar und einen Dreitagebart. Ein gutaussehender Mann in ihrem Alter. Sie unterhalten sich angeregt, aber leider zu leise. Dann bleiben sie stehen, sie lehnt sich an ihn und fängt an zu schluchzen. Er nimmt sie in die Arme. Also wenn da nichts läuft, fress' ich nen Besen.

Ich mach schnell ein paar Fotos, wozu hab ich ein Handy dabei. Glücklicherweise ist Bambina so in ihrem Schnüffeln vertieft, dass sie nichts mitbekommt. Wäre ja doof, wenn sie bellt und hinrennt. Ich hocke derweil hinter den Bäumen, hoffentlich sind sie bald weg, mir fallen schon fast die Kniescheiben raus.

Als sie endlich weiterlaufen, muss ich mich erstmal auf den Hintern setzen, ja auf den feuchten Waldboden, ich kann nicht mehr. Aua, tun mir die Knie weh. Bambina hat jetzt bemerkt, dass mit Frauchen was nicht stimmt und kommt aufgeregt angeschnüffelt und gibt mir Küsschen. Schade, dass sie nicht größer ist, an so einem irischen Wolfshund könnte ich mich jetzt hochziehen. Naja, geht schon wieder…

Wer der Mann wohl war? Sind die beiden vielleicht ein heimliches Paar? Als ich mir die Fotos nochmal anschaue, sehe ich, dass Susi ein kleines Täschchen umhängen hat. Das muss ich mal ranzoomen. Da gucken Pflanzen und ein Buch raus. Auf dem Buch steht: *„Wildpf"*- mehr kann ich leider nicht lesen.

Also, das ist ja jetzt sehr verdächtig, muss ich gleich meinen Marples schreiben.

Frieda schreibt gleich zurück: „Das ist ja mal eine Spur. Aber Moment, wieso sollte sie, wenn sie einen heimlichen Geliebten hat, die beiden Frauen umbringen? Wäre es dann nicht sinnvoller, Meduna-Sabine umzubringen?

„Ja, da hast du auch wieder Recht."

Ach es ist zum Mäuse-Melken. Das stimmt natürlich. Aber wieso rennt sie dann mit einem Mann und irgendwelchen Kräutern, die sie gesammelt haben, durch den Wald? Also verdächtig ist es schon, vor allem, da sie ja eigentlich nichts mit Pflanzen am Hut hat.

Wenn ich schon mal hier bin, kann ich auch bei Torsten Wollberg vorbeischauen. Also lauf ich in Richtung seines Bauwagens. Eben hatte ich das Gefühl, Marias Auto gesehen zu haben. Aber ganz ehrlich, dunkelbaue Kleinwagen gibt es mehr als eines. Ich kenn mich damit überhaupt nicht aus, es sei denn, ich kann Kennzeichen oder Marke direkt auf dem Auto lesen…

Ich komm an, sein Wagen steht auf dem Parkplatz und Bambina fängt an, aufgeregt zu schnüffeln und zu winseln. Was die wieder hat?

Ich klopfe – keine Antwort. Oder Moment, höre ich da ein leises Stöhnen? Ich klopfe nochmal, „Hallo Torsten, bist du zu Hause?"

Jetzt höre ich es nochmal stöhnen, ich versuche die Tür zu öffnen, geht aber nicht. Da liegt was davor!

Ich schaue durch den Türspalt, au weia, Torsten scheint direkt hinter der Tür zu liegen. Mir zittern die Knie, nicht schon wieder ein Mord und bitte nicht Torsten!

Ich werfe mich mit meinem ganzen Gewicht – und das ist nicht wenig – gegen die Tür. Ich kann sie gerade so aufbekommen, Torsten liegt in seinem Erbrochenen und schaut mich mit glasigen Augen an.

Gott sei Dank, er lebt! Also jetzt meine Erste-Hilfe-Kenntnisse rausgekramt. Glücklicherweise habe ich voriges Jahr einen Kurs beim DRK gemacht. Er atmet ganz flach, ich schaue, ob er noch Erbrochenes im Mund hat – nein. Also hieve ich ihn in die Stabile Seitenlage. Er fängt an nuschelig zu sprechen, fasst meine Hand, „Eva, es tut mir so leid, ich wollte..." Er schließt wieder die Augen und stöhnt. Auf mein Ansprechen reagiert er nicht mehr und wer soll diese Eva sein?

Jetzt rufe ich die Rettung. Ich kontrolliere immer wieder die Atmung. Seine Pupillen flackern unruhig, hoffentlich schafft er es, hoffentlich kommt der Krankenwagen bald.

Ich halt es nicht aus, es kommt mir fast wie eine Ewigkeit vor, bis ich das Martinshorn höre.

Ich räume den Platz neben ihm und nehme Bambina auf den Arm. Ich hab so eine Angst, ihr könnt euch das nicht vorstellen.

Der Sanitäter fragt mich, ob ich eine Ahnung habe, was mit Torsten passiert ist, während der Notarzt seine Werte kontrolliert. Ich muss leider verneinen. Dann wird er auf eine Trage gepackt und ihm wird eine Infusion angelegt. Mehr bekomme ich leider nicht mit.

Sie fahren mit ihm zum Bocholter Krankenhaus und ich stehe da und lasse ein Stoßgebet los. In solchen Situationen kommt das wahrscheinlich ganz von allein. Ich muss mich erst einmal setzen, jetzt kann ich noch nicht nach Hause fahren. Um mich zu beruhigen, guck ich auf mein Handy. Eine Nachricht von Gudula ist eingetroffen.

Sie berichtet, dass sie gestern Abend mit ihrer Schwester Hildegard in der Innenstadt unterwegs war und dabei

Maria mit ihrem Hündchen Renate getroffen hat. Sie unterhielten sich eine Weile.

Heute morgen hat Hildegard sie angerufen und gemeint, dass Maria sie an irgend jemanden erinnern würde. Sie kommt allerdings partout nicht drauf, an wen.

Tja, irgendwann wird es ihr wohl einfallen. Ich hab mich langsam beruhigt und geh mit Bambina zum Auto. Ich muss mich unbedingt mit meinen Freundinnen treffen. Für den Anfang sag ich ihnen erstmal meine Neuigkeiten per Sprachnachricht, das ist einfach zu viel zum Schreiben. Allgemeines Entsetzen...

Wir beschließen, uns heute Nachmittag bei Marianne zu treffen, sie hat gerade ihren schlesischen Mohnkuchen im Backofen. Von dem hab ich Euch ja schon im letzten Jahr vorgeschwärmt.

Wir treffen uns also halb vier in der Friedlandsiedlung. Ein Wahnsinns-Duft steigt uns schon an der Tür in die Nase. Nachdem wir am Kaffeetisch sitzen, muss ich nochmal alles von Anfang an berichten. Auch von Susi Fee und diesem mysteriösen Mann erzähle ich nochmal.

„Also ich glaube ja, die Susi war es", sagt Marianne, „vielleicht hat sie Ute aus Rache umgebracht. Weil sie was mit ihrer Freundin hatte. Dann die Regina, weil sie total genervt hat. Und jetzt hat sie vielleicht vor, Meduna-Sabine um die Ecke zu bringen, weil sie sich doch für diesen Kerl entschieden hat."

„Aber warum sollte sie Torsten umbringen?", fragt Irmgard dazwischen. „Ich finde deine Argumentation hat ziemliche Lücken!"

„Vielleicht war es ja doch alles Torsten. Er hat soviel Ahnung von der ganzen Pflanzenmaterie, er weiß sicher ganz genau, wieviel er nehmen muss, um nicht wirklich zu sterben. Ist doch ein Super-Alibi um nicht verdächtigt zu werden.", meint Gudula.

„Aber Torsten konnte doch gar nicht wissen, dass er von mir gefunden wird. Ich hatte ihm ja nicht gesagt, dass ich vorbei kommen würde. Wenn ich nur wüsste, wen er mit dieser Eva gemeint hat. Kennt ihr eine Eva?"

„Ich kenn keine Eva. Aber ist euch schon aufgefallen, dass jetzt schon drei Leute aus der gleichen Grundschulklasse tot oder fast tot sind?", stellt Frieda fest.

Plötzlich klingelt es an der Tür. Als wir im vorigen Jahr hier saßen und es läutete, war es die Polizei...

Manchmal wiederholen sich Vorgänge tatsächlich. Marianne kommt stocksteif mit den beiden Kommissaren zum Wohnzimmer herein.

„Guten Tag die Damen, so ein Zufall, dass wir uns hier alle zusammen treffen. Ich wollte zu Ihnen, Frau Schneider und Ihre Tochter sagte mir, wo Sie zu finden sind. Irgendwie haben wir uns gedacht, dass hier ein kriminalistisches Kaffeetrinken stattfindet", sagt Herr Wohlbeck.

Wir grüßen artig und gucken ganz harmlos.

„Wie Sie sicherlich alle dank Frau Schneider wissen, wurde ein Mordanschlag auf Torsten Wollberg begangen. Können Sie irgendwas Erhellendes dazu beitragen? Frau Schneider vielleicht?"

„Ganz sicher ein Mordanschlag? Kann es nicht einfach ein Herzinfarkt oder Schlaganfall oder was-weiß-ich gewesen sein?"

„Nein, Frau Schneider. Im Krankenhaus wurde eine hohe Dosis Digitoxin im Blut nachgewiesen. Definitiv Mord oder ein sehr stümperhafter Selbstmordversuch."

Unsere Ahnungen haben sich also bestätigt – leider.

Ich berichte, warum ich im Wald war. Auch von meiner Begegnung mit Susi Fee und dem unbekannten Mann. Ich lasse allerdings weg, was Torsten gesagt hat. Irgendwie habe ich im Urin, dass diese Eva vielleicht was damit zu tun haben könnte. Meine Freundinnen können allerdings aus ehrlichem Herzen nichts weiter dazu sagen. Und das mit der Grundschulklasse ist sicher nur Zufall.

„In Ordnung, das hilft uns schon weiter. Falls Ihnen noch etwas einfallen sollte, Sie wissen, wie Sie uns erreichen.", sagt Frau Hülskamp freundlich.

„Moment, noch etwas ganz wichtiges. Wir müssen uns unbedingt auf Sie alle verlassen können. Aus ermittlungstechnischen Gründen dürfen Sie niemandem erzählen, das Herr Wollberg überlebt hat. Wir wollen den oder die Mörderin in Sicherheit wiegen. Können wir uns auf Sie verlassen?"

Wir bejahen alle einmütig. Sowas hat man ja schon in den Fernsehkrimis gesehen.

Die beiden verabschieden sich dann auch glücklicherweise.

Marianne lünkert am Flurfenster, dass die beiden auch wirklich weg sind, bevor wir weiter kriminalisieren.

Ich bitte sie um ein Blatt Papier, das müssen wir jetzt mal alles aufschreiben.

Torsten: für den Moment raus, da er im Krankenhaus liegt und nicht ansprechbar ist. Aber nur für den Moment

Susi: Was ist das für ein Mann

Was macht sie im Wald

Meduna: Momentan keine Fragen

Eva: Wer ist Eva?

Maria: Woher kennt Hildegard Maria?

         Ist das überhaupt relevant???

Wir beschließen, erst einmal bei Meduna-Sabine anzurufen. Vielleicht kann sie uns ja beide Fragen beantworten.

Ich wähle ihre Nummer und mache den Lautsprecher an. Es tutet und tutet – niemand hebt ab. Komisch, normalerweise geht sie immer ran. Ich probiere es nochmal, gleiches Ergebnis.

Hm, komisch. So kommen wir nicht weiter. Gudula ruft nochmal Hildegard an, sie ist immer noch nicht drauf gekommen, woher ihr Maria so bekannt vorkommt. Ich glaube, das ist eine Sackgasse. Wahrscheinlich hat sie sie mit uns zusammen schon mal gesehen und wieder vergessen. Wir beschließen, dass ich auf dem Heimweg nochmal bei der Seelenpforte vorbei fahre.

Als ich schließlich an der Tür halte, praktischerweise ist gerade ein Parkplatz direkt davor frei, sehe ich ein Schild im Schaufenster:

Wegen Krankheit geschlossen

***

Kapitel 20 – Samstag, 16.Oktober 2021

+++

So, der wäre auch erledigt. Ist ja eigentlich schade, aber Torsten hat es ja förmlich herausgefordert. Bei Fingerhut kann man den Gehalt von Digitoxin schwer abschätzen, er schwankt sehr. Aber ich habe ja inzwischen ein wenig Erfahrung damit gesammelt!

+++

Ich habe gestern Abend den anderen noch geschrieben, dass Meduna-Sabine wohl richtig krank ist – Moment ist sie wirklich KRANK???

Wenn ich so drüber nachdenke, mache ich mir echt Sorgen. Für mich wird immer klarer, dass Susi die Killerin ist. Bereitet sie Meduna-Sabine gerade einen schleichenden Tod?

Ich rufe gleich noch einmal bei Meduna an. Es tutet und tutet, jetzt hebt doch jemand ab. Ich höre nur ein Schniefen: „Ja, Hallo?"

„Sabine, bist du es? Endlich erreiche ich dich", sag ich erleichtert.

„Hier ist Susi. Hallo Inge", jetzt wird das Schluchzen noch lauter. „Sabine liegt im Krankenhaus, ich bin an ihr Handy gegangen."

„Oh, das ist ja schrecklich. Was hat sie denn, wie geht es ihr?"

„Sie hat sich so einen doofen Magen-Darm-Virus eingefangen. Ich wollte sie schon gestern Morgen ins

Krankenhaus bringen, aber sie wollte partout nicht. Am Nachmittag konnte sie dann nicht einmal ihren Kraft-Tee bei sich behalten. Da habe ich die Rettung gerufen. Sie hängt jetzt an einer Infusion und ist momentan nicht ansprechbar. Ich hab so Angst um sie. Besuch darf sie auch keinen bekommen, wegen der Ansteckungsgefahr."

„Das ist ja schlimm, dann gute Besserung. Wir denken an sie."

Ich lege auf und meine Gedanken fahren Achterbahn. Torsten im Krankenhaus und Sabine jetzt auch. Bei Torsten ein Mordanschlag, dann kann das doch bei Sabine kein Zufall sein?"

Ich muss mich unbedingt ablenken. Also Bambina gepackt und eine Runde drehen. Ich beschließe mit dem Auto in die Stadt zu fahren, muss noch schnell was einkaufen. Dann kann ich auch dort mit Bambi eine Runde drehen.

Ich brauche dringend etwas Wolle, also erst zu Bitterhoff und dann laufen wir zu Stenneken, brauche noch Brot fürs Wochenende.

Als ich bei der Seelenpforte vorbeikomme, muss ich fast heulen. Hoffentlich schafft es die Sabine…

Bambi wartet ganz lieb vor der Bäckerei und ich beschließe mal mit ihr durchs Gängesken zu laufen, da bin ich lange nicht mehr lang spaziert. Dort kann ich mich wieder etwas abregen, man kann da so schön in die Gärten reingucken. Außerdem komm ich bei *Annes Blumenboutique* raus. Da kauf ich mir noch was Schönes.

Gesagt, getan. Ein kleiner Spaziergang und Bambi hat viel zu schnuppern. Dann zu Anne rein und einen schönen großen Blumenstrauß gekauft. Ups, zu wenig Bargeld.

„Das ist ja kein Problem, Sie können gern mit Karte zahlen", sagt Anne und holt das Lesegerät unterm Tisch vor.

Ich will die Karte reinstecken, geht nicht. Da steckt schon eine. Ich nehme sie raus und da steht:

Eva Maria Schönberg

Ich bin total bedäbbert. Gebe Anne die Karte, bezahle selbst und verlasse das Geschäft ohne auf Annes Abschiedsgruß zu antworten...

Ich geh zum Auto, verfrachte Bambi in ihre Box. Sie merkt auch, dass ich komisch drauf bin. Als ich mich auf den Fahrersitz gesetzt habe, muss ich mich erstmal sammeln.

Kann es sein das Maria - Eva ist? Oder umgekehrt? Das diese Eva unsere Maria ist und damit wahrscheinlich die Mörderin?

Aber wieso? Ich versteh es nicht, da hilft nur ein Besuch bei ihr – Blumen hab ich ja schon.

Um mich abzusichern setze ich eine Sprachnachricht in die Miss-Marple-Gruppe. Soll ich vorsichtshalber die Polizei benachrichtigen? Aber Maria würde mir doch sicher nichts antun, sie mag mich doch? Ich kann mir das immer noch nicht vorstellen.

Pling – eine Antwort. Marianne schreibt, dass sie gerade im Bücherhaus ist, ich soll auf sie warten. Sie fragt, wo ich bin. Da ich auf der Burloer Straße geparkt habe, ist das direkt nebenan. Ausgerechnet unsere ängstliche Marianne...

Also warte ich, inzwischen denke ich: Polizei nicht anrufen, Polizei anrufen, Polizei nicht anrufen...

Da sehe ich schon Marianne im Stechschritt angerannt kommen. Sie steigt ein und hat mir die Entscheidung abgenommen. „Ich habe bei Kommissar Wohlbeck angerufen, musste aber aufs Band sprechen. Die Nummer von Frau Hülskamp habe ich leider nicht."

Nein, die habe ich auch nicht. Ich fahre los, Maria wohnt in Krommert, die Anschrift hat sie mir letztens gegeben, als wir wegen ihrer Hündin unterwegs waren.

„Marianne, bitte verquatsch dich nicht. Wir müssen unbedingt so tun, als wüssten wir nichts von einer Eva."

„Natürlich Inge. Wir müssen ihr irgendwie Informationen entlocken."

„Komisch, dass die anderen drei sich nicht melden", sag ich.

„Die haben alle Termine heute. Gudula ist beim Zahnarzt. Irmgard gibt Nachhilfeunterricht, das nimmt sie immer sehr ernst, da geht sie nicht ans Handy. Wo Frieda ist, weiß ich nicht.", berichtet Marianne.

„Ach stimmt und Frieda hat mir erzählt, dass sie beim Wassersport für Senioren ist. Sie wollte mich mitschleppen, aber mit den ganzen alten Leuten, da hab ich keine Lust dran und Wasser ist eh nicht so mein Element. Dann müssen wir die Mörderin eben allein überführen."

„Vielleicht gibt uns Maria ja auch eine einleuchtende Erklärung, und sie ist unschuldig. Ich kann es mir einfach nicht vorstellen."

Wir kommen vor Marias Haus an. Ich hole Bambina aus der Box und dann klingeln wir an der Tür.

Maria öffnet und schaut uns überrascht an. Renate kommt freudig bellend an die Tür und begrüßt uns bzw. vor allem Bambina.

„Hallo Maria, wir waren gerade in der Nähe und wollten dich mal kurz besuchen", sag ich.

„Ach, und unterwegs habt ihr noch schnell einen Blumenstrauß geklaut?", antwortet Maria.

„Nein, natürlich nicht", sagt Marianne. „Wir haben den eigentlich für Meduna-Sabine gekauft, wollten sie im Krankenhaus besuchen, durften aber nicht rein. Da dachten wir, besuchen wir eben Maria, wenn wir schon im Auto sitzen."

Das war aber schlagfertig, hätte ich Marianne gar nicht zugetraut.

„Esst Ihr mit mir zu Mittag? Ich will mir gerade Spaghetti mit Tomatensauce machen. Da ist immer so viel Sauce in der Packung, dass ich den Rest sonst wegschütten muss."

„Ja, gern", sag ich und hab ein mulmiges Gefühl dabei. Falls sie wirklich die Mörderin ist, rät es sich eigentlich nicht, bei ihr zu essen oder zu trinken.

„Nehmt doch im Garten Platz, da können die beiden Hündchen zusammen rumtollen. Ich muss mal kurz auf Toilette", sagt Maria.

Wir zwei gehen mit den Hunden also auf die Terrasse. Als ich mich nochmal umschaue, sehe ich, wie Maria einen Schlüssel aus einer Schublade nimmt und damit verschwindet.

„Ich möchte eigentlich lieber nichts bei Maria essen, wenn sie uns nun gleich auch vergiften will? Vielleicht ahnt sie ja was", wispert mir Marianne draußen zu.

„Pass auf, Du gehst mit Maria in die Küche und redest, während sie kocht, mit ihr und ich versuche im Haus was zu finden. In den Krimis sagen die Polizisten immer das sie aufs Klo müssen und durchsuchen dabei die ganze Wohnung. Das muss klappen. Wenn du ihr beim Kochen über die Schulter schaust, kann sie doch kein Gift reinschmuggeln. Außerdem sind Nudeln aus der Packung, Sauce auch, und Käse ist ja auch aus der Tüte. Da kann eigentlich nichts passieren."

„Ja, das stimmt. Aber ein mulmiges Gefühl hab ich trotzdem."

„Lass uns jetzt lieber ruhig sein, sie ist bestimmt gleich wieder da", sag ich.

Wir passen noch ein bisschen auf, wie Bambi und Renate sich im Garten nachjagen und miteinander balgen. Dann kommt Maria zu uns auf die Terrasse. Sie hat eine Flasche Wasser mitgebracht. Ich pass extra auf – Maria öffnet sie ganz frisch.

„Wieso liegt Meduna eigentlich im Krankenhaus? Hab ich was verpasst? Ich war vorhin so überrascht, von eurem Besuch, fällt mir gerade erst wieder ein", sagt Maria.

Wir erzählen ihr was los ist. Sie ist *anscheinend* ganz geschockt darüber. Naja, wer's glaubt...

Als sie dann in die Küche geht, schließt sich Marianne an und ich frage nach der Toilette.

Die beiden gehen in die Küche. Ich gucke noch kurz nach den Hunden, damit die beiden auch wirklich weg sind. Dann schleiche ich mich an den Schrank und tatsächlich liegt ein altmodischer Schlüssel für eine Zimmertür drin. Ich nehme ihn vorsichtig heraus und gehe – jetzt etwas lauter- aus dem Wohnzimmer. Maria hat mir gesagt, dass das Gästeklo im Erdgeschoss ist, aber da kein weiterer Raum hier ist, schleiche ich nach oben.

Im ersten Stock sind mehrere Räume. Ich drücke die erste Türklinke runter, ein Gästezimmer. Die zweite, ihr Schlafzimmer. Die dritte, das Bad. Die vierte – ist abgeschlossen. Mir klopft das Herz bis zum Hals, ich nehme den Schlüssel und drehe ihn im Schloss. Die Tür öffnet sich mit einem leisen Quietschen und ich betrete den Raum. Mir stellen sich alle Härchen auf, bei dem Anblick der sich mir bietet. An der Wand steht ein altmodisches Küchenbuffet, darin viele braune und grüne Apotheken-Glasflaschen und einige aus Keramik. Auf dem Tisch, der in der Zimmermitte steht, ist ein uralter Mörser mit Stößel und eine ebensolche Waage aus Messing mit dazugehörigen Gewichten in diversen Größen. Auf einer kleinen Ablage ist eine Packung Einmal-Handschuhe, medizinische Masken und sogar eine Schutzbrille. Ebenfalls steht dort ein Dörrapparat.

Mir wird ganz schwummrig…

Ich muss hier raus, bin schon viel zu lange weg. Jetzt muss ich meine besten Schauspielkünste rauskramen, Maria ist eine Mörderin, das kann einfach nicht wahr sein.

Ich schließe leise die Tür wieder ab und will gerade die Treppe runter gehen, als Maria aus der Küche kommt, natürlich mit Marianne im Schlepptau.

„Inge, was machst du denn oben, ich hatte dir doch gesagt, dass die Gästetoilette hier unten ist.", sagt sie mit einem merkwürdigen Unterton.

„Echt? Oh, da hab ich wohl was vermärt. Tut mir leid."

Ich gehe die Treppe runter und wir setzen uns an den Küchentisch während die Nudeln vor sich hin blubbern. Marianne schaut mich fragend an. Ich versuche, ihr unauffällig ein Zeichen zu geben. Hoffentlich kommt die Polizei bald.

„Seit wann bist du eigentlich Witwe?", frag ich Maria.

„Seit zwei Jahren, mein Klaus hatte leider einen Herzinfarkt. Glücklicherweise hat er mir ein bisschen was hinterlassen. Ich glaube, das Essen ist fertig. Ich hab echt Hunger. Ich hole schnell alles, kannst du die Hunde reinholen, Inge? Marianne könnte aus dem Wohnzimmer die Tischsets holen, sie liegen auf dem Couchtisch."

Wir tun, wie sie uns sagt, da kann ich gleich noch den Schlüssel zurücklegen. Marianne holt schnell die Tischsets, Maria soll schließlich nicht so lange allein mit dem Essen bleiben.

Sie geht sofort wieder zu Maria in die Küche. Oder sollte ich Eva sagen? Diese hat die Sauce in eine Schüssel getan und die Spaghetti abgegossen. Also kann sie nichts vergiftet haben, sie würde es ja mitessen, dass beruhigt mich sehr.

Wir setzen uns zu Tisch, ich konnte im Wohnzimmer noch ganz kurz Marianne informieren, dass unsere Vermutungen sich leider bestätigt haben.

Maria macht uns die Teller voll. Sie scheint wirklich viel Hunger zu haben. Sie hat sich den Teller randvoll gemacht.

„Guten Appetit. Kommt esst, oder habt ihr keinen Hunger?", fragt sie. Ich habe den Eindruck ein hinterlistiges Glitzern in ihrem Blick zu sehen, aber vielleicht bilde ich mir das auch nur ein.

„Doch, doch, riecht sehr lecker." Ich stecke mir die erste Gabel voll Nudeln mit Sauce in den Mund, schmeckt ganz normal – glaube ich. Marianne ist etwas blass um die Nase geworden, beginnt aber ebenfalls vorsichtig zu essen. Maria nimmt sich sogar noch einen Nachschlag.

Wir haben mit Müh und Not unseren Teller relativ leer gegessen. Maria lehnt sich satt und zufrieden im Stuhl zurück.

„So, meine Lieben, jetzt mal Butter bei die Fische. Warum seid ihr wirklich zu mir gekommen?"

Jetzt bricht es aus mir heraus. „Maria oder sollte ich Eva Maria sagen, hast du die ganzen Leute heimtückisch umgebracht?"

Sie beginnt ziemlich irre zu kichern. „Heimtückisch? Wenn du so willst. Wie hast du es herausbekommen?"

„Ich habe Torsten noch lebend gefunden. Er war in so einer Art Delirium und hat mir irgendwas von einer Eva erzählt und das es ihm leid tue. Ich kenne aber keine Eva und meine Freundinnen auch nicht. Dann war ich heute im Blumenladen und wollte mit Karte bezahlen. Du hast aber deine EC-Karte im Gerät stecken lassen."

„Oh, dummer Fehler", sie kichert wieder. „Aber das ist jetzt nicht mehr so wichtig. Wirklich wichtig ist, dass ich jetzt alle erledigt habe, die mir das Leben versaut haben."

Marianne mischt sich ein, „Wieso haben sie dir das Leben versaut? Du kanntest sie doch fast gar nicht."

„Und wie ich die Bagage kannte. Ich habe als Kind hier gewohnt. Damals fand ich den Namen Maria doof und ließ mich nur Eva nennen, Eva Meyer. Allein meine Eltern riefen mich Eva Maria. Als ich mit meinen Eltern dann nach Essen zog, hab ich mich nur noch Maria genannt. Wahrscheinlich um unbewusst einen Schlussstrich zu ziehen. Ich ging hier mit Torsten, Ute und Regina in eine Grundschulklasse", ich muss unterbrechen. „Daher kamst Du Hildegard, der Schwester von Gudula, bekannt vor."

„Ja, die war auch in unserer Klasse. Aber Ute und Regina haben mich von Anfang an so getriezt, heute würde man von Mobbing sprechen. Sie haben mich wo ein ging geärgert, lächerlich gemacht und sogar verhauen. Torsten hat zwar nicht mitgemacht, aber er war in Regina verliebt und hat es nicht verhindert. Ich war auch in ihn verschossen…"

„Und deswegen bringst du jetzt vier Menschen um?", hake ich nach.

„Wieso vier?"

„Na, die Meduna liegt doch auch im Krankenhaus."

„Damit hab ich nichts zu tun. Aber wieso auch?"

Ach Mensch, hab ich mich doch verquatscht. „Torsten hat überlebt."

„Oh, hat der Fingerhut doch nicht ausgereicht. Na egal, wenigstens leidet er richtig, ich habe ihm gesagt, dass ich mich wieder in ihn verliebt habe, und wer ich bin. Er wollte mich immer noch nicht, deshalb sollte er jetzt doch sterben. Und die blöden Weibsbilder? Die haben es sowas von verdient. Haben mir das ganze Leben versaut. Ich habe immer unter dem Mobbing gelitten, musste in Behandlung. Später hat mich mein Mann mein Leben lang unterdrückt. Irgendwann hab ich es nicht mehr ausgehalten."

„Hast du deinen Mann auch umgebracht", kommt es von Marianne ganz leise.

„Er war mein erster Versuch mit Digitoxin. Ist überhaupt nicht aufgefallen, er hatte sowieso Herzprobleme und hat Digitalis genommen. Der Hausarzt hat sofort den Totenschein ausgestellt. Ein paar Monate später habe ich zufällig Ute Nachtigall auf Facebook gefunden. Das brachte alles ins Rollen…"

Eva Maria kommt jetzt gar nicht mehr aus dem Erzählen raus, scheint als wolle sie sich alles von der Seele reden.

„Das einzig Doofe an der ganzen Sache war, das Ute sich eigentlich fast gefreut hat, als ich ihr sagte, dass ich sie vergiftet habe. Sie hat sich bei mir bedankt."

„Ja, sie hatte wohl schon Meduna und Torsten um Sterbehilfe gebeten, die sie ihr aber verweigerten", teile ich ihr mit.

„Ja, aber ich habe es getan. Ich habe es zu Ende gebracht. Das ist das was für mich zählt. Bei der dämlichen Sauer war es etwas schwieriger. Sie lebte ja in ihrem eigenen Kosmos, aber es hat ihr nichts genutzt."

Irgendwie hab ich das Gefühl, als hätte ich Watte im Kopf. Eva Maria betrachtet uns neugierig.

„Merkt ihr schon was?", fragt sie. Als ich mich zu Marianne umschaue, sehe ich sie ganz komisch gucken und irgendwie zusammengesunken auf ihrem Stuhl hängen.

„Ja, um euch tut es mir echt leid. Ihr wart ja sehr nett zu mir. Am meisten tut es mir um mein Hündchen Renate leid." Eva Maria redet jetzt auch ziemlich nuschelig, fällt mir durch den Nebel hindurch noch auf. Sie sieht auch nicht mehr wirklich gut aus. Plötzlich höre ich ein Auto vorfahren. Kommt jetzt endlich die Polizei?

„Wio dunnwidileid?" Sch… ich kann nur noch nuscheln.

Plötzlich bricht draußen die Hölle los. Ich höre noch ein Wummern an der Tür, sehe blaues Licht am Fenster und verschwommen mehrere Gestalten etwas schreien und dann ist da nur noch Watte…

**

Kapitel 21 – immer noch Samstag, 16. Oktober 2021

Ich schaue in eine helle Deckenleuchte. Eindeutig nicht mein Schlafzimmer. So langsam kommt die Erinnerung zurück… Ich liege wieder mal im Krankenhaus. Als ich mich umschaue, dieses Mal mit Marianne. Wir haben beide eine Kanüle im Arm und ein Tropf steht neben uns. Marianne beginnt ebenfalls gerade stöhnend aufzuwachen. Eine Krankenschwester kommt mit Frau

Hülskamp zusammen ins Zimmer. Die Schwester kontrolliert auf dem Bildschirm unsere Werte, während die Kommissarin an unsere Betten tritt.

„Na, wie geht es denn unseren Hobby-Detektivinnen?"

„Es ging schon besser", nuschelt Marianne.

„Seien sie froh, dass wir sofort einen RTW angefordert hatten. Sonst wäre es zum Magen-Auspumpen zu spät gewesen. Frau Schönberg hat die Nudelsauce mit einer ordentlichen Portion getrocknetem grünen Knollenblätterpilz gewürzt."

„Wir dachten, wenn sie selbst mitisst, kann uns nichts passieren", sag ich leise. „Aber wieso hat es so lange gedauert, bis Sie kamen?"

„Das ist mir jetzt etwas peinlich, darf nicht passieren, aber mein Kollege hatte Probleme mit seinem Telefon, es hatte Startschwierigkeiten, scheint wohl kaputt zu gehen. Technik eben.

„Wollte sich Eva Maria selbst umbringen?", fragt Marianne, jetzt schon deutlich klarer.

„Ja, sie meinte, sie hätte alles erledigt. Ins Gefängnis wolle sie nicht. Sie konnte allerdings ebenfalls gerade noch so gerettet werden. Sie hatte deutlich mehr Amanitin intus, hat wohl mehr Gift zu sich genommen. Liegt ebenfalls hier, allerdings unter Bewachung."

„Wo sind denn die beiden Hunde?", fällt mir ein.

„Genau da wäre noch ein Problem. Ihre Hündin ist bei Ihrer Tochter. Aber den Hund von Frau Schönberg mussten wir ins Tierheim bringen. Aber Frau Schönberg hat uns gebeten…"

Die Tür öffnet sich schwungvoll, der Kommissar kommt finster blickend herein. „Na, wieder ansprechbar?"

„Äh, jaaa, aber um was hat Maria gebeten", setze ich an.

Der Kommissar antwortet, „Sie möchte, dass Sie, Frau Schneider ihre Hündin zu sich nehmen. Das ist ihr einziger Wunsch. Sie leugnet auch die Morde nicht, hat alles lückenlos zugegeben. In ihrem Haus wurden jede Menge verschiedene Pflanzen- und Pilzgifte, meist getrocknet, sichergestellt."

Plötzlich werde ich schrecklich müde, ich schaue zu Marianne, die schnarcht schon leise vor sich hin.

„Ja, das mach ich wohl", bringe ich noch gerade so heraus, dann zieht es mir die Augen zu.

***

Kapitel 22 – Montag, 18. Oktober 2021

Also ich kann euch sagen, nascht nicht vom Knollenblätterpilz. Kann ich überhaupt nicht empfehlen, uns ging es so schlecht und Magen ausgepumpt bekommen macht auch wirklich keinen Spaß. Dann bleibt lieber bei Zuchtchampignons.

Heute morgen durften wir aus dem Krankenhaus raus. Die Kommissare haben uns noch einmal ordentlich ausgemeckert, wir hätten angeblich Informationen unterschlagen und wir hätten tot sein können. Wir können froh sein, dass sie so nachsichtig mit uns sind. Lauter so Sachen, wir waren gaaanz reumütig. Ohne uns hätten die das garantiert nicht rausbekommen, aber dass muss man ihnen ja nicht unbedingt auf die Nase binden.

Gestern durfte auch Meduna-Sabine das Krankenhaus wieder verlassen, sie hatte wirklich einen Magen-Darm-Virus, aber wer konnte das denn ahnen, bei der ganzen Morderei hier. Der Mann bei Susi war Sabines Bruder. Susi hatte ihn angerufen als es Sabine immer schlechter ging, sie wollte partout keine Schulmedizin und erst recht nicht zum Arzt oder ins Krankenhaus. Holger sollte Susi unterstützen, aber Sabine ließ sich nicht überzeugen. Die zwei sollten im Wald bestimmte Kräuter sammeln, sicherheitshalber hatten sie das Buch dabei, als ich die beiden sah. Erst als es ihr so extrem schlecht ging, konnten sie Sabine einen Krankenwagen rufen.

Sie hat uns fünf jetzt auf einen Tee zu sich eingeladen. Aber erst muss ich noch etwas im Tierheim erledigen. Ihr ahnt es bestimmt...

Jetzt gehe ich mit Bambina zum Büro des Tierheims und werde schon von der Chefin erwartet.

„Hallo Frau Schneider, ein Glück dass sie kommen. Renate weint die ganze Zeit. Die Kleine wird sich freuen."

Wir gehen zu den Hundeunterkünften und ich höre Renate wirklich fiepen. Als sie mich sieht, springt sie am Gitter hoch und als sie rausgelassen wird, bekomme ich gleich einen dicken, feuchten Hundekuss.

Wir erledigen noch schnell die Formalitäten, dann werden ihr Hundebett, Spielzeug und Näpfe in eine große Tüte gepackt und zusammen mit Eva Marias Box zu meinem Auto gebracht.

Und so kommt man in kürzester Zeit von einem auf drei Haustiere, das hätte ich nicht gedacht.

Jetzt fahre ich gleich zur *Seelenpforte*. Marianne, Frieda, Gudula und Irmgard kommen auch gerade an.

Ich hole meine Hundekinder aus ihren Boxen, wir wollen gerade die Tür öffnen, da wird sie auch schon schwungvoll aufgerissen und Meduna steht mit einem strahlenden Lächeln vor uns. Hinter ihr Holger und Susi.

„Meine lieben Schwestern, ich bin so froh euch gesund und munter auf dieser Seite des Universums wiederzusehen." Sie drückt uns alle der Reihe nach, auch Irmgard kommt nicht drum herum. Der Tisch ist festlich gedeckt. Kerzen und Räucherstäbchen brennen.

Wir setzen uns, Meduna wuselt noch herum. Stellt verschiedene Gerichte die indisch duften, auf den Tisch, Susi hilft ihr.

„Ich habe Gerichte gekocht, deren Gewürze eure Aura wieder reinigen. Alles was wir in letzter Zeit erlebt haben, hat sie beschmutzt und verunreinigt. Dazu habe ich einen besonderen Tee gekocht, der deren Wirkung verstärkt.

Holger bringt sich an dieser Stelle ein. „Ich habe noch eine Flasche guten Rum dabei, das hilft noch extra". Ich muss sagen, der wird mir immer sympathischer.

Gudula berichtet uns noch, das sie ihrer Schwester Hildegard alles erzählt hat. Ihr fiel es wie Schuppen von den Augen. Natürlich die Eva Meyer, nach den vielen Jahren kann man ja nicht gleich drauf gekommen ist. Die wurde damals in der Klasse total von Ute und Regina geärgert. Dann war sie aber plötzlich weg, umgezogen ins Ruhrgebiet.

Meduna-Sabine fragt, ob wir noch was von unserem Pilzmann gehört haben. „Geht es ihm wieder gut?"

„Torsten ist vor uns aus dem Krankenhaus entlassen worden. Kam uns noch besuchen und hat sich bei mir bedankt", berichte ich. „Er meint, ich hätte ihm das Leben gerettet, weil ich so schnell reagierte und den Notruf wählte. Das hätte ihm auch der Arzt gesagt. War halt ein glücklicher Zufall, dass ich mir überlegt hatte, bei ihm vorbei zuschauen."

„Hat er noch was von Eva Maria erzählt?" fragt Gudula.

„Mit Verlaub, die ist schon echt ziemlich durchgeknallt", berichtet Marianne. „Die hat ihn erst gefragt, ob er sie denn wiedererkennt, hat er natürlich nicht. Dann outete sie sich und sagte, dass sie schon als Kind in ihn verliebt war und sich jetzt wieder in ihn verliebt hätte. Torsten sagte, das wäre leider nur einseitig. Er empfindet nichts für sie. Dann hat sie ihm wohl das Gift in den Tee gemixt. Als ihm dann schwummerig wurde und er vom Stuhl gekippt ist, hat sie ihm sogar noch einen Schmatz gegeben und sagte, sie wollte ihn wenigstens einmal im Leben küssen."

„Die hat ja eine totale Vollmeise, das hätte ich nicht gedacht", meldet sich Susi zu Wort.

„Ja, schauspielern konnte die Eva Maria echt gut", sag Frieda. „Aber lasst uns das jetzt erstmal vergessen. Das war wirklich genug Aufregung."

Wir sitzen noch lange zusammen essen und trinken Tee mit Rum (außer Meduna), und die Hunde haben auch einige Leckerchen bekommen. Schließlich gibt Meduna auch noch zu, dass die Schulmedizin ihr wahrscheinlich das Leben gerettet hat.

Wir fühlen uns satt und vollkommen rein, so innerlich halt. Ich werde meinem Sohn in Chemnitz wohl eine reichliche Portion dieses Tees schicken müssen. Wenn er von meinen neuerlichen Kapriolen hört, dreht der wieder total am Rad.

Jetzt verabschiede ich mich wieder mal von euch. Lasst es euch gut gehen, bis auf ein anderes Mal in Rhede.

Tschüßiii, eure Inge

■■

Schlesischer Mohnkuchen

<u>Für den Teig</u>: 350g Mehl, 30g Hefe, 40g Zucker, 1/8 l
warme Milch, 70g Margarine, 1 Ei, 1 Pr. Salz

Aus allen Zutaten einen Hefeteig herstellen und gut
aufgehen lassen

<u>Für den Belag</u>: 340 g gemahlenen Mohn mit 250 – 500 ml
kochender Milch überbrühen (möglichst
wenig Milch verwenden, der Mohn soll
nur durchfeuchtet werden

200g Zucker, 100g zerlaufene Butter, 100g
Rosinen, 2-3 Eier, 3 EL Honig (es geht auch
Agavendicksaft oder Zuckerrübensirup),
einige Tropfen Bittermandel, Zitrone,
1Pck. Vanillezucker

Sollte die Masse zu flüssig sein, etwas
Paniermehl, Kokosflocken oder 1-2 TL
Vanillepuddingpulver unterrühren

Die Streusel: 250g Mehl, 125g Butter, 125g Zucker

Den gut aufgegangenen Hefeteig ausrollen, auf ein Backblech legen. Die Mohnmasse darauf verteilen, dann mit den Streuseln bedecken. Alles noch etwas aufgehen lassen und bei mittlerer Hitze ca. 35 – 45 Minuten backen.

Danke an Traudel Henning für das Rezept

Quarkkeulchen

Hier zuerst eine Anmerkung. Im Internet kursieren sehr viele verschieden Rezepte zu diesem Gericht. Ich schreibe hier auf, wie es mich meine Mutter gelehrt hat. Zu beachten ist, dass die Zutaten eine Richtlinie sind. Bei Kartoffelgerichten sollte man immer auf das persönliche Gefühl gehen, da die Stärke ja immer verschieden ist.

Zutaten: 1,5 kg geschälte Kartoffeln, ½ TL Salz, 250 g Quark, 3 Eier, 80 g Mehl (Richtwert),

40 g Stärke, Öl oder Margarine (ich
bevorzuge Margarine) zum Ausbacken

Am besten schon am Vortag die Kartoffeln kochen oder gut abkühlen lassen. Kartoffeln durch eine Reibe oder Kartoffelquetsche geben. Mit allen anderen Zutaten vermengen, am besten händisch. Der Teig sollte so beschaffen sein, dass man eine Rolle daraus formen kann. Aus der Rolle fingerdicke Scheiben schneiden, diese jeweils zwischen den bemehlen Händen zu Küchlein drücken. Dann in der Pfanne mit einem ordentlichen Schuss Fett ausbacken.

Das Gericht wird mit Zucker und Apfelmus oder auch eingeweckten Kirschen gegessen, man kann es aber auch mit Salz genießen.

Rezept von Eva Bennemann

Saftiger Apfelkuchen

Boden: 150 g Magerquark, 6 EL Milch, 6 EL Öl, 80 g Zucker, 2 Pck. Vanillezucker, 2 Pr. Salz, 1 Pck. Backpulver, 300 g Mehl und Butter für die Form

Guss/Belag: 4 Eigelb, 250 g Creme Fraiche, 100 g Zucker, 100 g ger. Haselnüsse oder Mandeln, 800 g säuerliche Äpfel, Saft einer Zitrone, 6 EL Aprikosenkonfitüre

Alle Zutaten für den Boden verkneten, in einer Springform verteilen und Rand hochdrücken. Man kann den Kuchen jetzt auf zweierlei Weise zubereiten.

Variante 1:

Etwas Aprikosenkonfitüre auf dem Boden verstreichen. Äpfel in Spalten darauf verteilen. Den Guss zubereiten, darübergeben. Den Kuchen bei 190 Grad Ober-/Unterhitze oder 170 Grad Umluft ca. 25–30 Minuten backen. Dann den Rest Aprikosenkonfitüre etwas erhitzen und den Kuchen damit bestreichen.

Variante 2:

Den Guss auf dem Boden verteilen, die Apfelspalten darauf verteilen. Wie bei Variante 1 backen. Danach den Kuchen aprikotieren.

Danke fürs Rezept, liebe Claudia Hiebing vom *Kaffeefleck*

Griene Kließ mit Schwammebrie

1 kg geschälte, rohe Kartoffeln, 300 g geschälte, gekochte Kartoffeln, Salz, weißer Pfeffer, etwas Meerrettich

Pilze nach Wahl, Zwiebeln, ein Ei, Salz, Pfeffer

Die rohen Kartoffeln reiben dann durch ein Sieb drücken, Stärke auffangen. Die gekochten Kartoffeln ebenfalls reiben. Beide Kartoffelsorten zu einem Teig verrühren, auch die Stärke dazugeben und würzen. Zu Klößen formen und in Salzwasser kochen bis sie oben schwimmen. Dann die Flamme reduzieren, Deckel darauf und 15 - 20 Minuten ziehen lassen.

Die Pilze putzen und kleinschneiden, Zwiebel ebenfalls zerkleinern. Butter in eine Pfanne geben. Pilze und Zwiebeln anbraten und mit Salz und Pfeffer würzen. Solange garen bis sich Pilzbrühe bildet. Diese mit einem Ei abbinden, nochmals abschmecken und zusammen mit den Klößen anrichten.

Danke Ulli Reuter vom *Restaurant Bahnl* für das Rezept

Noch'm Lasn

Jetzt bin ich mit meiner Geschichte schon wieder am Ende. Ich hoffe, du hattest Spaß beim Lesen, hast dich amüsiert und warst fleißig mit am Ermitteln.

Was noch zu erwähnen wäre:

Ich habe die Symptome einer Knollenblätter-pilzvergiftung so verändert, dass sie in mein Konzept passten. In Wirklichkeit sind Übelkeit, Erbrechen und Durchfall die ersten Anzeichen.

Zu Meduna Xana und ihrem Esoterikladen sei zu sagen, dass ich mich etwas mit keltischer Heilkunde vertraut gemacht habe. Die erwähnten Kraft-Tees entspringen, soweit ich es nachprüfen konnte, meiner Fantasie.

Ich danke allen, die ich im Buch erwähnen bzw. ihre eigene Person vereinnahmen durfte, sei es Torsten Wollberg oder Sandra Bremicker, Andrea Rissmann, Ulli Reuter, Claudia Hiebing, Gregor Beckmann und Anne

Pieper. Alle anderen Personen sind fiktiv und meiner Fantasie entsprungen. Ähnlichkeiten mit lebenden Personen sind reiner Zufall.

Ursel Henseler und ihr Mann danke ich fürs Korrekturlesen den massenhaften Mord an meinen geliebten Füllwörtern.

Weiterhin danke ich dem Apothekenmuseum Rhede, insbesondere Barbara Busskamp. Ich durfte dort nach Herzenslust Fotos für das Buchcover machen.

Mein Dank geht ebenfalls an die Firma Zetti, mir wurde ausdrücklich erlaubt, Bambina und andere Produkte zu erwähnen.

Wahnsinnig wichtig waren auch meine drei Benne-Männer. Ohne meine Söhne Jonas und Elias hätte ich mir beim Versuch das Buch hochzuladen alle Haare ausgerissen, anschließend meinen Laptop im Garten angezündet und wäre schreiend drum herum gerannt. Meinem Mann durfte ich meine Schreiberei vorlesen, er hat mich verbessert, mir Tipps gegeben und für plattdeutsche Ergänzungen gesorgt. Danke meine Lieben.

Aber am allermeisten danke ich allen Lesern und Leserinnen die mich in Rhede oder in den sozialen Medien angesprochen und angeschrieben haben. Ihr habt mich beflügelt, ich habe mich wahnsinnig darüber gefreut. Macht das bitte weiterhin, falls euch dieses Buch ebenfalls gefallen hat.

Quellen: „Essbare Wildpflanzen" von S. G. Fleisch-
hauer, J. Guthmann, R. Spiegelberger

Weltbild-Verlag 2009, 2007 AT Verlag

„Giftpilze" von R. Flammer

AT Verlag 2014

Falls Sie mit mir Kontakt aufnehmen möchten, hier meine Email-Adresse: Evas.krimi@gmail.com

Eva Bennemann